AF423766

Aún no estamos muertas ni vencidas

"El origen de lo que somos"

Mila Argueta Románova

Edición Las Hermanas Argueta (L.H.A.)

EDITORIAL
EVA

AÚN NO ESTAMOS MUERTAS NI VENCIDAS

D.R. © 2020, Mila Argueta Románova
D.R. © 2020, Editorial Eva
D.R. ® Las hermanas Argueta
D.R. ® Editorial Eva

www.editorialevainnovations.com
D.R. © 2020 derechos exclusivos de edición:
Editorial Eva, Las Hermanas Argueta.

Edición de mesa:
Dirección: Elisa Argueta,
conocida como Ledema Akhar.
Las Hermanas Argueta (L.H.A.)

Heredia, Costa Rica.
Prmera edición digital producida en Costa Rica:
octubre, 2018.
Primera edición impresa producida en Costa Rica:
octubre, 2020.

ISBN: 978-9930-9660-9-9
Comentarios sobre el contenido de este libro o su
edición a: editorialevapap@gmail.com

Producido en Costa Rica / Produced in Costa Rica.

Índice

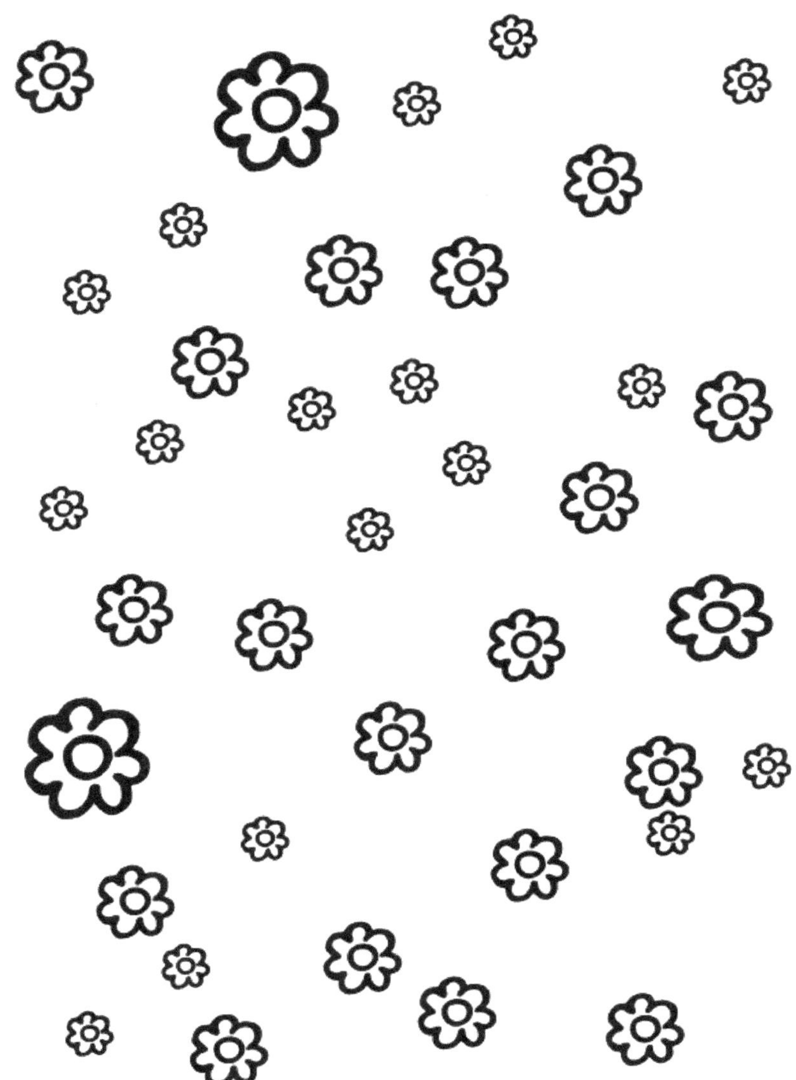

Estuve enferma del espíritu...
Caí enferma.

Al borde de la muerte...
Volví ilesa.

No me pidas que te venda mi alma,
no trates de anularme.

Estoy llena de vida
y saciada de escepticismo.

¿Ya me recuerdas?
Soy yo. Tu esclava.

¿Me recuerdas?
¡Yo! La de ayer.
¿La que regresó ilesa?

Caricia eterna

El día que comencé este libro escribí lo siguiente:

"Mi nombre es Amanda Letizia Jen. Hoy cumplo 30 años de edad. Soy editora en jefe de la sección de sucesos de un periódico de difusión nacional, nada parecido a lo que encontrarán en estas páginas.

Me he detenido en medio del camino, ya estoy en mis treinta, y estoy asustada. Cuando era pequeña nunca me imaginé siendo mujer, en mi mente una mujer adulta era una fotografía difusa que contenía ciertas imágenes de la revista Perfil o Vanidades que de vez en cuando mi madre compraba. O bien, el olor de la crema que ella se aplicaba en las piernas frente al espejo de la cómoda o el perfume de mi tía Consuelo antes de irnos a la iglesia. Esto que soy ahora, lo que está contenido en este cuerpo, y este cuerpo, siguen siendo un misterio para mí.

No recuerdo cuándo fue la última vez que me enamoré locamente, no recuerdo haber vuelto a amar sin miedo. Tampoco evoco cualquier otra emoción que no sea un desabrido desconsuelo, ninguna palpitación arrebata mi pecho, no hay impulso que me permita plasmar en papel, en un muro o en donde sea cualquier cosa que valga la pena. Me remonto a cuando era niña, sentada en el escritorio de la casa de Berta Eugenia, de espaldas a la ventana por la que entraba la azulada luz de la tarde. Los pájaros a la distancia, lapicero azul y cuaderno. El futuro no existía para mí, solo ese retazo de presente. En ese impase de tiempo la niña volaba lejos y escribió su primera novela: un barco en el mar, una viajera y un puerto. Quedó olvidada en el escritorio cuando me mudé de casa, en la primera gaveta de la derecha.

En mis noches oscuras, emprendo un viaje interior que me lleva al pasado, más de una década atrás. En ese entonces yo era simplemente Amanda, la chica del cabello negro, e inevitablemente aparece Olivia, la colorida Olivia, mi mejor amiga de la adolescencia y compañera de libertad. En esa época jamás habría imaginado que el tiempo realmente se va de las manos, que nada es para siempre, que finalmente devendría en mujer y me sumergiría en la laguna de la adultez. Como tanta gente que vimos y tal vez criticamos, algunas veces me rendiría al cansancio de la rutina, pero eso sí, nunca dejaría de luchar.

Algunas veces me dejé intimidar por el miedo, no supe lidiar con mis inseguridades. Me faltó valor. No hice acopio de mi fe y ese fue un gran problema. Cuando miro hacia atrás me doy cuenta de que muchas cosas no eran tan terribles, aunque las sentí en carne viva.

Esta noche he tenido un sueño, me he visto a mí misma, sentada en una banca del parque de Berta Eugenia, con el cabello al viento, con la juventud adolescente rebosante. Me acerqué a esa joven y me reconoció de inmediato. Me admiró sin prisa, me dijo que yo había cambiado y no había cambiado a la vez. Expresó que tenía la misma mirada inquieta, me veía un poco más serena. No le sorprendió que ahora llevara el cabello corto, tampoco que me hubiera hecho editora.

Encontrarla fue un respiro. Conversamos por largo rato, tanto así que llegué tarde al trabajo, la primera vez en doce años. Quedamos en vernos de nuevo. Fue entonces cuando desperté.

Pensé en mí misma y en cómo he vivido mi existencia. Me descubrí pensando en Olivia y comencé a recordar cómo eran las cosas entonces.

El ayer no es mejor que el hoy, el problema es que no nos lo creemos, siempre dudamos. El problema es que tanto dudar se convierte en miedo. Esa es la cárcel. El problema es que no se han recogido las piezas perdidas, allá en un rincón del pasado, para que nos den fuerzas.

En cambio la joven Amanda y la joven Olivia, ignorantes del futuro, en medio de esa masa informe y desconocida del presente, no podían vivir de otra forma sino siendo libres, explorando sus almas y su mundo interior, tratando de comprender un poco más. Si bien percibían los atisbos de un futuro incierto, era solo una mera aproximación. El temor a la realidad no era algo concreto. Sus debilidades terminaron siendo su fortaleza. Había esperanza en el porvenir. Tenían fe. Aunque no lo sabían.

En aquellas épocas me trajeron luz y alegría, sus dosis de locura y jovialidad me acompañan esta noche. Amanda me regaló ternura, Olivia confusión. Ternura y confusión. No es una descripción exacta, es más bien imprecisa, pero no puedo describirlas mejor, son una suerte de cosas que se vienen de golpe. Juntas, ellas eran invencibles, juntas eran tan distintas. Pero eran ellas, en medio de aquel pantano cenagoso de la vida errante de donde emergían con todo su esplendor.

Esta noche, me quito las vestiduras del alma, todas las ataduras del pasado que me impiden recordar. De esta manera, escribo la primera novela de mi vida adulta, sin ningún temor a sentir dolor, sin temor a sonreír y sin saber qué esperar.

Para una editora de sucesos esto no está nada mal, porque creo que será algo grandioso. A través de mis líneas contaré la historia de mis dos amigas, en palabras sencillas, como me lo dijo Amanda un día.

Creo que a través de mí, entrego un poco de ellas, y un poco de nuestra generación, que quizás dará mucho de qué hablar".

Amanda Leticia Jen,
21 de junio de 2018

PRIMERA PARTE
(2005-2013)

Primeras Impresiones

La tarde era ingrata y el viento empeoraba su eterna alergia. Cuando ella estornudaba, lo hacía de tan escandalosa manera, que se le venían de diez a quince estornudos seguidos, que la golpeaban hasta dejarla exhausta y desfigurada. La pobre mujer utilizaba rollos de papel higiénico para limpiarse los chorros de moco líquido y constante, pero esa tarde, a pesar de todo, decidió salir.

Se abrigó como lo hacía siempre en estas ocasiones, con ese abrigo lindo que equivoca o más bien trata de engañar a los ojos no adiestrados en moda. El abrigo tenía tal efecto en ella que a pesar de ser un día malo, de esos que dan risa y ganas de llorar a la vez, la hizo salir a la calle aún a sabiendas de la terrible noche que le esperaría si cogía un resfrío callejero.

¡Pobre mujer! Su vida era complicada, dramática, sufrida, vivía en un circo y en un teatro a la vez, siempre poniendo al margen de cualquier oración su sello personal y un punto final que se llama "drama".

En la ciudad, en medio de nuestra capital, suelen ocurrir muchas historias imposibles de creer, que no solo se encuentran por doquier en las calles, sino en otros lugares más tímidos. Entre esas hileras de apartamentos apiñados unos sobre otros y también dentro de esas casas antiguas de fachadas hermosas que no aparentan tener un hermoso patio trasero.

¿Acaso no has visto pasar a esos taxis misteriosos en horas no habituales? A las pasajeras se las suele observar llorando o maldiciendo. A veces sonriendo. Muchas veces solo se bajan silenciosas, no dicen nada. Luego desaparecen entre las hileras de casas y el sonido de sus tacones se esfuma sobre las losas.

En los apartamentos capitalinos hay individuas de individuas, familias de familias. Existen esos apartamentos en los que las 24 horas son fiesta pura, siempre en su máxima expresión. Demasiadas risas y gente demasiado alegre de esa que suele ser odiada por la gente demasiado triste. Es muy común que junto a la pared del apartamento feliz del vecino haya una chica inconsolable deshecha en llanto.

Esta es una fotografía típica de estos lugares, y quien ya los ha frecuentado difícilmente los podrá superar. ¡Cuánto aman sus habitantes las caminatas nocturnas! ¡Los sonidos y los ruidos de las calles, la humedad de la empedrada del bulevar, hasta el calor intenso del trópico!

Pero sobre todo aman los cafés. Sea la tarde o la noche, los cafés siempre estarán llenos de gente que busca algo que no se entiende, que se respira en la atmósfera pero que sigue allí ininteligible.

Los cafés de por allí son cálidos y fríos a la vez. Hay ansiedad en el ambiente. A una chica triste, con una alergia terrible, estornudos y tos que empeora por la lluvia que comenzó a caer de repente, este tipo de entorno no la ayuda mucho. La lluvia casi siempre viene sin aviso, y como siempre para casi todos, en especial para ella, la tomó de nuevo por sorpresa y sin paraguas. Hay una regla que para las verdaderas alérgicas es sagrada; una chica con alergia no debe irse mojando, debe esperar a que escampe.

Se diría que la vida de esta clase de mujeres se rige por la alergia, de pronto la alergia es la responsable de todo. Hasta podría decirse que responde a un estado emocional. Si un día estás en casa y no quieres salir, de súbito te da la alergia, y si realmente quieres salir, también te da la alergia, y si quieres dormir: ¡No! Tú no puedes hacerlo. ¡La alergia! ¡Y va la mala noche!

Nuestra chica alergiosa se llama Amanda y aunque su nombre rima con "manda" ella no manda nada, más bien, no dirige nada. Su vida es regida por sus estados de ánimo, muy perturbables, que desde la mañana y aún mucho antes, pueden menguar cero, tres o seis veces durante el día.

Su querida amiga Olivia le dice que es hermosa, talentosa, que está segura que logrará grandes cosas, pero Amanda nunca está segura de nada. Ella es un laberinto de conductas de conductas.

Esa tarde en el café tomaba un expreso muy cargado, tomaba por simple instinto, en realidad lo odiaba y le hacía daño a su irritable estómago. Lo tomaba quizás porque quiso recordar algo, algún recuerdo aún crudo y reciente, tal vez un poco doloroso, como un examante. A través del humo podía percibir un cierto aroma a rancio tibio, un no sé qué que la hacía sentirse culpable de algo. Sus ojos estaban muy rojos, de pronto la alergia empeoró. Afuera seguía lloviendo. Los estornudos volvieron a la carga una vez más, sintió que venía el ahogo. Cayó en pánico, estaba lejos de casa y de sus padres, de Olivia y del mundo, sólo estaba ella y la maldita taza de café que no la calentaba. Una tristeza enorme invadió su corazón. Pidió la cuenta y se alejó corriendo bajo la lluvia.

Llegó a casa tiritando, luego de la angustia en el taxi por la dificultad respiratoria. Ya caliente se sintió de nuevo segura. Esa noche no se enfermó, pero curiosamente no pudo dormir, se la pasó dando vueltas en la habitación, soñando en grande y muerta de miedo por algo que no entendía. ¿Qué sería? ¿Miedo a perder a los padres? ¿A tener que trabajar para ganarse la vida? No lo sabía, solo sentía miedo.

En el otro lado de la ciudad Olivia estaba limpiando un desastre. Su hermosa y tirana gatita Desdémona acababa de sacar todos los papeles del basurero del baño. Sorprendió a la minina en pleno acto porque tuvo un extraño presentimiento en medio del pecho, y allí estaba la adorable gatita toda embarrada de caca. Luego de un arranque de rabia y un regaño, se dispuso a asear el baño. La gatita simplemente subió las escaleras dejando un rastro de huellas café, y se acurrucó en la cama a esperar a que Olivia terminara de trabajar. Olivia se puso a llorar al pensar en que ahora tenía que limpiar a esas horas y madrugar a terminar el ensayo de la universidad que debía entregar a las ocho en punto o bien, podría no trasnocharse y dormir hasta tarde, convencerse de que no pasaba nada de nada. Optó por la segunda opción y se durmió.

Esa noche la pasó en el sofá. No quiso subir a su habitación.

En la mañana, a eso de las once y treinta un taxi rojo paró frente al portón de los apartamentos blancos. Amanda se bajó del auto y corrió hacia Olivia que la esperaba en la acera. Luego de un muy bullicioso saludo ambas entraron al edificio. Como siempre, hablaban muy rápido, las invadía una emoción inexplicable que siempre atacaba cuando estaban juntas. Olivia estaba aterrada, odiaba su apartamento. Lo amaba, pero el edificio estaba falseado, así que tenía miedo de que no soportara un sismo. Amanda le dijo que se largara, ¿pero a dónde? Pensaron en muchas posibilidades pero no encontraron ninguna razonable.

Cuando Olivia era una adolescente, tenía la idea de algún día tener un terreno comunitario en el cual vivir con todas sus amigas y conocidas, todas cultivarían la tierra, todo sería de todas. Ojalá realmente hubiera existido ese refugio del que ya no se acordaban. Creo, que desde pequeñas estuvieron buscándolo, planeándolo, como si supieran que lo iban a necesitar más adelante en sus vidas. Y ahora siendo jóvenes, de veinti tantos años, abriéndose a un mundo que consideraban villano y duro, debían procurarse algo a que aferrarse por si acaso. Ya no pensaban en un terreno común, comprar algo propio era un verdadero sueño, más bien buscaban otra clase de refugio, ellas mismas.

Cada día era una lucha por alcanzar un equilibrio, ser más ordenadas, menos acomplejadas, más seguras, terminar de escribir tal novela, continuar lidiando con la universidad, les torturaba no poder llevarla como debería ser según ellas, despacio, estudiando de todo un poco y no sumergiéndose en una sola cosa de lleno.

Esa era la epidemia del siglo para muchas otras chicas que conocí, estudiaban porque salieron del colegio, aunque probablemente hubieran preferido esperar un poco más antes de entrar "en la vida seria". ¿Qué busca realmente el ser humano? Amanda luchaba consigo misma, necesitaba independencia pero odiaba dejar a sus padres.

Le atormentaba la idea de dejarlos por un novio, una carrera o un esposo. No soportaba saber que algún día morirían, quizás pronto y su seguridad se desvanecería para siempre. Amaba a su hermana Sofía, pero sabía que ella no tendría escrúpulos en irse y que de hecho lo haría. Terminaría su carrera de Antropología que iba muy bien y se largaría por el mundo. Bien que su vida parecía una antesala de la aventura, ya sabía tres idiomas y estaba por comenzar el cuarto. Estaba segura de que algún día leería sobre ella en alguna revista famosa. No sabría de ella por meses, y cuando la viera, no sabrían qué decirse. Querría decirle que la extrañaba pero le daría vergüenza. Quizás la visitaría por el Medio Oriente o por donde quiera que anduviera, conocería algunos lugares fabulosos gracias a ella pero siempre con la preocupación de volver a casa por si a sus padres les ocurría algo. Sofía estaría en los lugares hermosos de los que ella se perdería por miedo a dejar el hogar. "No se puede tener todo en la vida", pensaba. "Hay que renunciar siempre a algo".

¿Qué era aquello que la ataba de esa forma? ¿Por qué había suscrito la bandera del miedo a tan corta edad?

De vez en cuando, su mente vagaba insistenemente por ciertos recuerdos de la adolescencia, escudriñándolos. Cierta vez recordó a una profesora de cuarto grado, que solía aleccionar a los compañeros de curso sobre difrentes temas. Nunca la olvidó. Amanda no la soportaba, especialmente, porque solía hacer piyamadas a las que invitaba a las niñas que le caían bien. Al resto, las ignoraba.

Algunas veces, en los recreos la profesora se sentaba a hablar con su grupo selecto, criticaba a las modelos que elegían su apariencia en lugar de tener hijos. Decía que cómo era posible que las mujeres eligieran ese camino, en lugar de tener la bendición de ser madres. En aquel entonces Amanda no pensó nada concreto al respecto, pero en el fondo sabía que lo que la maestra decía era turbio. Al fin y al cabo, intuía que nada era tan sencillo como parecía, más allá, había un bejuco de interrogantes que se arremolinaban y daban mil y una vueltas. Ese pensamiento dicotómico, la acompañó a tarvés de la maestra día con día: o era bueno, o era malo, o era oscuro o era claro, o era barato o era caro...

¿Qué había más allá de todo eso? ¿Con quién se podría hablar para encontrar respuestas?

¡Cuánta oscuridad había reinado en su niñez! ¿Al lado de quiénes había pasado esos años de escuela, llenos de silencio, de dudas? Sin embargo, lo que nunca le perdonó a esa profesora fue el haber humillado a Gorrión, una de sus mejores amigas, frente a toda la clase.

Gorrión era hija de una bailarina famosa, proveniente de una familia poderosa. Estaba en la misma clase de Amanda y Olivia, en la sección 6-H. Como la madre de Gorrión siempre viajaba por trabajo y de su padre no veía ni la sombra, la chica solía pasar sola la mayor parte del tiempo. Siempre olvidaba las tareas o andaba con la misma ropa del día anterior, una vez tuvo piojos por varios meses hasta que la madre de Amanda se los quitó. Una mañana, la profesora pidió la tarea de Gorrión, quien dijo que no recordaba si la había traído o no. En ese momento, estimulada por la profesora, Gorrión debió sacar sobre el pupitre todas las cosas del bolso: cepillos, papeles, cuadernos llenos de miel, emparedados de varios días, y ¡oh sorpresa!, eran tantas cosas que hubo que acomodarlas en el suelo. Toda la clase la miraba y en general, la mayoría se reía y ponía cara de asco, incluyendo a la profesora que la miraba con el dedo en la barbilla.

Esa misma mujer, uno o dos años antes, había puesto en evidencia a Amanda frente a sus compañeros de clase por colocarse puños de papel higiénico del baño dentro del sostén. Luego la envió de vuelta al servicio sanitario a quitarse todo aquel relleno del busto no sin antes añadir: "¡Mañana, sin falta trae un papel nuevo!"

Esa misma docente, fue la que ya había condenado a Amanda unos años antes por meterse al baño de mujeres con la pequeña Persey, su mejor amiga de aquel entonces. Los compañeros le informaron a la profesora que las habían encontrado "revolcándose" sobre el suelo. Desde entonces, se les prohibió ir juntas al baño, luego de una reprimienda pública. Sin embargo, con el paso de los años y viendo en retrospectiva, y aunque Amanda nunca pudo decírselo a Persey, aquellos besos repetidos en los baños fueron los más reales de su vida. Eran algo que iba más allá del bien y el mal.

En ese entonces, Olivia estaba obsesionada con la película Titanic, especialmente con la canción principal de la película: *My heart will go on*, interpretada por Celine Dion. Amanda le había pedido a sus padres que le compraran las partituras de la canción y le había pedido a Carly, un profesor de piano del Conservatorio de Arte, que por favor la tocara para ella. Por su parte, Olivia no había perdido el tiempo y había adquirido el casette en la tienda más cercana. Pasaba los recreos cantando en medio del aula la canción, que sonaba en la casetera de una pequeña grabadora de color gris.

Sharon, una chica salvadoreña de hermosas cejas negras, mencionó que en la tiendita de sus padres habían llegado unas mini agendas con motivos de la película, desde entonces, Olivia y Amanda le compraron varias en el transcurso de las siguientes semanas.

A solas con Olivia, Amanda recordó la vez que oyó a la profesora hablando de los senos de Rose, la protagonista de Titanic, durante uno de los recreos. Incluisve, recordaba cómo los niños y las niñas de la sección 6-H la rodeaban con gran curiosidad. Decía lo mucho que le preocupaba que las mujeres hubieran olvidado el valor de sus senos, que tenían la única finalidad de dar de mamar a sus hijos. Amanda se lo había contado a Olivia poco después en el parqueo y ésta le dijo con voz indignada: "¡Señora! Los senos son para dar o darse placer, ¡como desee!"

Ambas rieron.

En el fondo, Amanda intuía que de cualquier forma la sociedad demandaría de sus senos algún día la maternidad.

Olivia y Amanda siempre encontraban algo de qué conversar y reírse.

En ese sentido, a pesar de los años, las cosas no habían cambiado.

Cuando Olivia le hablaba de irse a vivir a Cuba por un buen tiempo porque había quedado encantada con la isla y le faltaba mucho por explorar, Amanda evadía la conversación o se quedaba en silencio.

A veces pensaba que el día en que Sofía decidiera marcharse a estudiar la especialización de Antropología a otro país, ella no la iría a despedir al aeropuerto sino que huiría, pero se dio cuenta de que esa era una forma de torturar a su hermana y llamar la atención, así que tendría que estar allí. Estaba decidido. ¿Y qué pasaría? ¿Lloraría? ¿Llorarían sus padres? Pues claro. Naturalmente.

Siempre le gustó el drama, pero no esa clase de drama.

***

A la sombra de Desdémona

Desdémona es una gata, pero también es el nombre de una planta conocida como Brugmansia suaveolens, llamada popularmente Reina de la noche.

Una Reina crece en el jardín de la antigua casa de Olivia, de la que ella tuvo que salir de manera precipitada por asuntos familiares. Se conocieron de una forma extraña. Olivia afirma que, de alguna u otra forma, ella y la planta trabaron comunicación interespecie; entonces le puso nombre.

Sucedió una tarde en que para resguardarse del calor se encontraba leyendo bajo la planta, entonces comenzó a hablarle de lo hermosa que era y la Reina, inesperadamente, comenzó a segregar una especie de miel que destilaba por los pétalos de sus flores. Olivia nunca antes había probado semejante dulzura.

La hermosa Reina había llegado al patio como una semilla diminuta que se aferró a la tierra y poco a poco se levantó como un pequeño brote verde en el que nadie puso cuidado. Aprovechó el descuido y creció entre la mala hierba que la rodeaba. Creció, se impuso y cuando por fin la notaron sólo recibió alabanzas. La Reina era lo primero que resaltaba entre la maleza que daba a la fachada de la imponente casa blanca. Una casa realmente majestuosa, el sueño de cualquiera.

En medio de la ciudad de Heredia sobre una colina, descansa la casa, en plena ciudad. Una vez adentro, se olvida que la ciudad está a sólo unos pasos. Una digna escalera parecida a la de la Asamblea Legislativa recibe al visitante y por supuesto, la Reina de la noche que abre sus impecables flores y esparce su peligroso perfume a todo aquel que pasa por la puerta. A veces, muy de vez en vez, se puede ver al fantasma de Pilato, el exgato marrón de Olivia que en ocasiones se acuesta a la sombra de la pulcra Reina, como adorándola. Cuando Olivia salió de su casa realmente extrañó a ese gato; él nunca se lo perdonó. Olivia no quiso llevarlo consigo porque Pilato estaba acostumbrado a vivir en una casa linda y amplia, temía que degradándolo a un apartamento sin patio, a una vida de más bajo nivel, terminaría matándolo. Por desgracia, tras la salida de Olivia el gato tuvo un cambio de temperamento, se enfermó luego de una pelea con otro gato y murió.

Por alguna razón Amanda siempre odió a Pilato. El gato supo corresponder también con odio. Olivia en cambio amaba al gato, pasaba con Pilato la mayor parte del tiempo que estaba en casa. Por esa época estaba en clases de francés y estudiaba en voz alta en presencia del gato, así que Amanda solía entretener a Olivia diciéndole que Pilato era un gato afrancesado, que luego de recibir las lecciones que escuchaba de su ama, se iba a presumir con otros gatos. Aquello, hacía sonreir a Olivia.

Las veladas en esa casa fueron encantadoras, noches enteras con música tropical, con las ventanas y las puertas que daban a la terraza abiertas de par en par, un licor suave, humo, silencio o ruido. Eran muy dichosas, realmente muy dichosas pero aún no lo sabían.

Por alguna razón las dos amigas siempre vivieron procesos emocionales y psicológicos muy similares, paralelos, y siempre llegaban a las mismas conclusiones acerca de la vida. Ambas se entendían perfectamente y manejaban un sexto sentido impresionante. No había nada, o casi nada de la una, que se escapara de la percepción de la otra. Poco a poco el tiempo pasó. Su amor tenía bases sólidas, tenía algo más fuerte que la vida o la muerte. Sus amores románticos llegaron y se fueron, pero ellas siempre se tuvieron presentes.

Existen personas muy propensas a desanimarse, ellas dos eran así.

Hubo dos acontecimientos análogos que marcaron sus vidas:

el violín y el teatro. Olivia realmente tuvo una peligrosa obsesión con el violín, llenó con ello muchos espacios turbios de su niñez. Amanda amaba el teatro a su manera, coqueteaba con él y era su salvavidas. Luego ambas sufrieron el divorcio de sus pasiones internas. Olivia dejó el violín porque en la noche de su recital de graduación, el pianista que la acompañaba llegó ebrio, por lo que ella tuvo que seguir el ritmo frenético que él imponía durante la presentación, y esto la devastó porque sintió que el esfuerzo de once años se había diluido en pocos instantes y se consideró una fracasada. Amanda, por su parte, dejó el teatro por miedo a no ser buena, porque temía alzar la voz, porque estaba atrapada en una concha, sellada, paralizada.

Por primera vez veían a sus propios fantasmas a los ojos, esos que persiguen a los seres humanos durante toda su vida. Son silenciosos, se vuelven transparentes, pero ahogan.

No hay segundas partes en esta vida, eso dicen, o lo tomas o lo dejas. Dejas parte de la vida, parte del alma, los sentimientos desparramados. ¡Por un fantasma!

Amanda solía creer que algo hermoso le iba a suceder, algo que simplemente cambiaría el orden de las cosas una vez más, que algo alteraría la extraña rutina que atravesaba en ese momento y la pondría a correr, a espantarse, a amedrentarse. Vendría algo que la incomodaría de forma realmente intensa, su vida tendría orientación irremediablemente, entonces su día sería imposible de acomodar en un horario, en una rutina. Vendría una certeza.

Amanda era el tipo de persona que necesitaba aferrarse a un porvenir inexistente, escribir un poema tras una mala noche, omitir sus desaciertos y hacer de caso que el tiempo se quedaría estático, aguardando por ella. Necesitaba ser amada, ser totalmente amada, tan fuerte e intensamente como ella lo había hecho una sola vez.

Creía que amar a morir sólo ocurría una vez, cuando se amaba con todo lo que se tenía, desinteresadamente, sin cortinas de hierro. Solo una vez se arriesgaba la vida, la salud, la familia, todo sin condiciones. Luego, cuando a una le partían el alma, la racionalidad entraba al corazón y no lo dejaban ser nunca más el mismo.

Amanda solía especular cómo sería el encuentro de dos enamorados que no hubieran sido golpeados por la desilusión. ¡Amor extraño y peligroso! Luego se quedaba en silencio. Ella creía en muchas cosas y dejaba de creer en otras tantas, siempre acomodándolas a su antojo, llenando un vacío, el de una actriz sin teatro.

Hay situaciones que continúan a través de la vida. Que comienzan mucho antes del estallido definitivo, que marcan a una generación.

Hoy en día aún se especula sobre las historias de algunas chicas de la generación de Amanda, o de las generaciones que vinieron antes o después de ella, que tarde o temprano, palabra por palabras, salieron de la penumbra a la luz.

Como la historia de Luna, la joven de los ojos risueños que recibía llamadas de su profesor de clarinete a altas horas de la noche, diciéndole "gatita, ven aquí, rrrr... gatita, ven", y ese tipo de cosas. Un día, los padres de la chica descubrieron lo que sucedía y a partir de entonces la desnudaron cada noche, antes de irse a la cama. Examinaban su cuerpo exhaustivamente para asegurarse de que la joven no tuviera "marcas de amor". Luna pasó el siguiente año internada en un psiquiátrico, decían que ni siquiera recordaba su propio nombre. Posteriormente huyó de allí con un gurú brasileño, quien tenía un séquito de mujeres a quienes llamaba esposas. Todas ellas le acompañaban en sus viajes y cantaban en una especie de grupo musical en el que Luna tocaba el clarinete. No se supo nada más de ella hasta que regresó de Brasil soltera, graduada de ingeniera civil y con un posgrado.

Cleo, una chica morena de cabello rizado, fue "la amante" de su profesor de literatura, con quien follaba a en su apartamento de Tibás. Su madre, al parecer también había tenido una aventura con él, y la amiga de su madre, que era poeta, lo mismo.

Lendra, la pelirroja que siempre se hacía peinados extravagantes, se suicidó cuando se enteró de que el profesor de violín, quien era su amante, se follaba a una profesora de artes plásticas. Y Amanda…

Amanda sufrió una crisis. Conoció a un profesor de piano llamado Marino, quien había llegado de suplente y le hizo creer que tenía treinta y dos, cuando en realidad tenía cuarenta años de edad.

Cuando una es joven, muchas veces se tiene gran dificultad para leer la edad en los rostros. Ante la inexperiencia, clasificar los rostros según las décadas es todo un desafío. Amanda era muy joven, diecisiete años, y no sabía leer rostros. No se percató de que le estaban mintiendo.

Resultó que este caballero se encontraba en una crisis amorosa muy seria, lo había dejado su casi esposa por otro caballero más joven y con automóvil, y este cuarentón, por despecho o desconsuelo, se lanzó a una aventura con una chica más joven.

Él siempre estuvo consciente del peligro que conllevaba salir con una menor de edad, quizás nunca le importó, o bien, fue cegado por el desafío de acceder a la "carne fresca", una virgen, una madonna más para adornar la sala de su casa en Cipreses, Curridabat. Fanático de Botichelli, se encontraba terminando su maestría en composición musical en una universidad estatal. Además, tenía la carrera de Historia del Arte terminada.

Una tarde, Amanda le dedicó estas líneas inspirada en el tiempo que pasaban juntos:

Ven.
Te invito a un cordon blue,
una taza de café o una conversación,
puede ser acerca del amor de dos,
no tan suave como el sonido de un piano.

No será tan apasionante

como cuando tus manos interpretan a Chopan
o intentan sentir su propio ser.

Puedes fumar,
es la hora de tu dosis ya,
y aunque el humo me da alergia,
hazlo esta vez, por favor.

Deslizo mi mirada por tus manos,
deshago mi mirada y conversemos más.

Conversemos el escaso francés
mientras palpita el corazón de una mujer.

Menciona a Sandro Botticelli,
a Italia y la memoria
que una vez te conmovió.

Ven.
Termina ya tu taza de café,
caminemos por el parque sin hablar,
frente al teatro nos podremos besar.

El pianista,
¡loco como yo!,
inventor que aplicó la regla de tres
y descifró la pintura y su revés;
vehemencia al sentir su corazón,
juglar que al piano le debe su mansión.

No recuerdo
la primera vez
que te vi
y solo te vi.
Mi inseguridad,
mis miedos y complejos allí están,

Aún no estamos muertas ni vencidas

en ese hombre dulce que se rio,
que expresa una temática
de ayer y hoy,
que me agrada en su razón,
su futuro es conmovedor.

Posee la fórmula perfecta
de un hombre que está allí.
Y aunque no me acerque,
estuve junto a él,
camino a la tierra del jamás
y el siempre así.

Ven,
te invito a comer un cordon blue
o a una taza de café,
puede ser,
para poder conversar
acerca de
El Nacimiento de Venus
que no fue tan
impresionante como tú.

Tras treinta y dos ocasiones bellas
que no pude compartir
en dicha y contradicción,
conociendo el sinsabor
y la incomodidad de trepidar.

Me retiro pensando,
mientras que,
con un cigarrillo junto al piano,
tejes sutilmente a Chopan.

Amanda Letizia Jen
14 de setiembre del 2005

Todo comenzó con la salida a un café, entre absurdos halagos que no tomarían desprevenida a ninguna mujer de cuarenta, pero que sonaron a novedad en los oídos de Amanda que ya lo amaba. Esta clase de amor instantáneo es un abismo del que es inevitable caerse, cuando se es ingenua en el amor, cuando no se está preparada para enfrentar el mundo. Amanda creía, tenía una fe indisoluble en aquel hombre alto de cabello hasta los hombros y voz grave que siempre que pedía un café expreso, fumaba.

Escuchó la retahíla que él prolongó por seis meses, sobre su ex a la que él amaba y que para colmo, ahora estaba embarazada. Inclusive, en un arranque de intimidad, le contó cómo una vez, caminando por el parque de las Amapolas, había pasado por la casa de su exnovia, y al ver el carro de su nuevo amante en la cochera, se quedó paralizado por media hora. Otro día, le expresó que se había visto a sí mismo en medio de un sueño siendo un pequeño bebé que lloraba y lloraba. Cuando despertó, tenía la almohada empapada en lágrimas. Todas esas confesiones Amanda las guardó en el fondo de su alma, sin celos, con discreción. Fueron decenas de cafés, decenas de encuentros. Amanda descubrió por primera vez lo que era que alguien le quisiera hacer el amor. Esa sensación extraña, nunca antes sentida, esa mirada que la hacía darse cuenta de que "realmente era una mujer". Y si bien ya muchas veces había tenido experiencias sensuales: que le tocaran los pechos en el vestidor del colegio, que le hicieran sexo oral en la casa de un amigo y besos profundos detrás del gimnasio, nunca antes había pensado en la penetración en serio. De hecho, en sus sueños eróticos sus amantes nunca sobrepasaron ese límite.

Una tarde, mientras ella dudaba de si ir o no a la cama con ese hombre, él le había dicho: "Muchas mujeres están dispuestas a abrir las piernas", refiriéndose a las mujeres que salían en revistas pornográficas o en películas porno. Amanda comprendió el mensaje oculto tras la mirada insistente del hombre: "No, ella no era como esas mujeres. Ella, era especial".

Pasó el tiempo y este caballero se aburrió, no toleró las exigencias que la joven Amanda demandaba. Ni el sexo ni la "carne fresca" eran suficientes para retener a un hombre, así lo aprendió mi joven amiga. ¡Retener! ¡Cuán horrenda palabra!

Puedo decir con certeza que esta fue la única vez que Amanda se humilló hasta lo indecible, lo llamó llorando y le rogó que no la dejara. Soportó el rechazo, la vergüenza, la burla, ya no le quedaba nada. Fingió un embarazo como recurso desesperado, pero no debió haberlo hecho nunca, pues descubrió que mientras estuvo con ella ya había embarazado a alguien más. Él mismo se lo dijo y le pidió que por favor abortara.

Cuatro años le tomaría superar este mal trance, cuatro años cayendo y recayendo en mares de humillación.

¿Qué le quedó de esta experiencia? Más experiencia, unos meses de sobrepeso y papiloma humano. No se lo dijo a casi nadie, a unos pocos amigos, luego a un tío que le pagó la primera cita en la clíncia privada.

El tratamiento fue duro, de los más de cien tipos de virus, le tocó uno fuerte que le atacó el cuello del útero y hubo que tratarla varias veces con técnicas médicas. Fue desesperante y se gastó mucho dinero buscando alivio. Al final, sus padres pagaron por todo eso. Siempre sus padres. Cuando la crioterapia, enfriamiento con óxido nitroso no funcionó, le practicaron otro procedimiento: Leep, para eliminar las células anormales del cuello del útero. Recuerda entre muchas cosas una imagen. Estaba acostada en una cama mientras era cauterizada, veía cómo el médico colocaba tejido dentro de un frasco de vidrio, había olor a sangre chamuscada y metal. Años después, Amanda comprendería que si no hubiera descubierto que el pianista se acostaba con más mujeres, jamás se le habría ocurrido ir al ginecólogo, mucho menos adquirir la costumbre de hacerlo, hasta que un día, el papiloma por fin estallaría en cáncer, sin siquiera sospecharlo.

Si bien en esa época ella no pudo vengarse de ese hombre, sus amigas y amigos más cercanos sí. Quizás, esperaban que algo sucediera para saciar su sed de vandalismo, apareció la oportunidad y no la dejaron pasar.

Todo sucedió la noche en que Amanda habló con el pianista para decirle que tenía papiloma humano, a lo que él respondió que eso era imposible. Amanda le recordó que ella era virgen antes de estar con él, a lo que él alegó que estaba convencido de que el asunto de la virginidad había sido una treta. Luego de escucharlo, ella simplemente le dijo: "Que Dios te bendiga", y colgó el teléfono. Lo que Amanda no sabía era que esa misma noche sus amistades, aprovechando el fin de semana, ya se encontraban cerca de la radio donde él trabajaba por las tardes haciendo locución de un programa cultural educativo.

En el edificio de la radio, había un muro grande de muchos metros, de color amarillo hueso que quedaba frente a una calle que era muy transitada entre semana por los estudiantes y los profesores que iban a la universidad. Sus amistades, con aerosoles que sacaron de nadie sabe dónde, escribieron con letras vandálicas y gigantes un grafiti improvisado:

¡CUIDADO MUJERES,
MARINO TIENE PAPILOMA HUMANO!

El lunes siguiente Amanda recibió una llamada de Marino, estaba furioso. Ante la perplejidad de Amanda, Marino debió explicarle la situación. Luego de asegurarle que ella no había tenido nada que ver con el grafiti, y que de hecho, se había enterado hasta que él se lo había dicho, él la amenazó, exigiéndole que debía entregar a las personas que habían realizado el acto vandálico o iba a poner una denuncia en el Organismo de Investigación Judicial. Amanda, sin saber por qué inspiración fue movida, respondió: "Si se mete con mis amigos, recuerde que yo era menor de edad". Ante esta declaración Marino lo negó, que jamás, que nunca, que bajo ningún motivo había estado con ella cuando era menor de edad. Entonces, Amanda le aseguró:

"Recuerde, yo acababa de salir del colegio la primera vez que lo hicimos. Fue hasta este año, en junio, que cumplí 18".

Marino no puso ninguna denuncia, las supuestas cámaras que habían grabado a los vándalos nunca fueron mencionadas al OIJ. Como por arte de magia, de pronto, toda la supuesta evidencia se esfumó. La radio, o quizás él, debió asumir el costo de pintar la enorme pared. Amanda, por su parte, se limitó a llamar a sus amigos, pidiéndoles explicaciones por lo que habían hecho, pero ellos simplemente se rieron y le dijeron que era estúpida su actitud hacia ellos. De cualquier forma, el asunto no pasó a más.

Años después, analizando ese episodio, lo recordó con cariño. En una que otra ocasión invitó a sus amistades de aquel entonces a unas cervezas como gesto de reconciliación y agradecimiento, por haberse vengado tan magistralmente aquella lejana vez. Al menos, durante aquel fin de semana del año 2006, la honra de Marino fue estrepitosamente manchada, con papiloma humano de aerosol.

La vida continuaba su curso, mientras tanto, Olivia también conocía de frente su primera experiencia sensual. En esa época ella no era la Olivia que hoy conocemos, una persona transgénero, sino que se llamaba Fabrizio.

Siempre fue bien parecida Olivia, Fabrizio también lo era. Siempre dijo que había renunciado a ser un hombre apuesto para convertirse en una chica fea. No estoy de acuerdo.

En esa época Fabrizio conoció a una mujer llamada Ana, que tenía una mirada sombría, pero en la que también había fuego, una combinación sensual.

Esta mujer tenía mucho dinero, poseía un rancho en unas hermosas tierras cafetaleras, tan vastas que daban la impresión de juntarse con algún mar entre el cielo y la tierra. El aire fresco y el rancho rústico eran la antesala perfecta para una aventura. Tenía cuarenta y cinco años y él diecisiete. Ambos se conocieron por casualidad, en un encuentro cultutal, y comenzaron este romance, tanto fugaz como borroso. Al principio, salían a caminar juntos, andaban a caballo, ese tipo de actividades.

No fue muy gratificante llegar a la intimidad. La primera vez que se acostaron fue muy convexa. Ella no se relajó en todo el rato por miedo a que llegaran sus hijos mayores en el pickup de la familia. Le decía a Fabrizio que se apurara, que ya ellos estaban por llegar, que en cualquier momento entrarían por la puerta. Todo acabó tan rápido como empezó y el rancho y el aire fresco eran ahora como una burla.

Tiempo después se encontraron de nuevo, cuando el entonces Fabrizio fue al rancho a recoger unos libros que le había prestado sobre esquimales, pero no pasó nada sexual, más bien la visita fue muy breve y fría. Ninguna continuidad. Personalmente pienso que todo lo que comienza no siempre termina de tajo, muchas veces cuesta dejarlo ir. Olivia siempre fue diferente en este aspecto particular, tenía una capacidad impresionante para poner el punto final a cualquier relación amorosa, no recaer. Nunca más regresó a aquel rancho.

Pasaron los años y una vez más se encontraron por casualidad. Era viernes, día de carnaval del orgullo LGBTI. Ahora, Fabrizio era Olivia. Compartieron miradas, no pasó a más.

Esta mujer, Ana, tan estoica e inolvidable, así la describen, fue la única mujer que trascendió en un plano meramente sexual en Olivia durante esa época en que no era Olivia, sino un Fabrizio abatido.

Desde niño había arrastrado cierta tristeza, en su mayoría producto de la frialdad de los compañeros de la escuela y sus duros juicios hacia todo varón con ademanes delicados. En esa época, para llamar la atención y recibir un poco de afecto colectivo, cada tanto anunciaba que iba a suicidarse. Entonces todos los niños y las niñas de la escuela, que venían a decenas, le seguían en su peregrinación hacia el borde del parqueo. Desde allí se podía acceder a una loma desde la que se veía la autopista, adonde se iba a lanzar. Después de ruegos por parte del alumnado, "no lo hagas", "piensa en tu familia", por fin desistía y regresaba al aula, con la mochila en la espalda.

Una tarde de verano, mientras regresaba de la universidad, Amanda recordó la primera vez que Olivia, en aquel entonces Fabrizio, le dijo que era gay. Estaban en un aula, recibiendo clases de Bilogía. Se lo escribió en un papel blanco porque Fabrizio tenía miedo y ni siquiera pudo decírselo con su propia boca. Permaneció silencioso mientras Amanda leía el papel, aguardando con la mirada fija en el cuaderno. Amanda guardó el papel y simplemente le expresó: "Ya lo sabía". Amanda ya sabía muchas cosas, pero aún debía aprender muchas más. Vendrían otros cambios. Más adelante debería comenzar un nuevo ciclo. ¿Cómo hacerle? No es fácil aprender a llamar "ella" a quien toda la vida llamamos "él". Y eso no sería lo más difícil, porque a su vez, Olivia comprendería que la sociedad en la que vivía odiaba que usara enaguas o maquillaje, y que puede ser muy peligroso salir de casa si se usa un vestido en lugar de un pantalón.

Pero eso aun está por venir, por ahora, dejaré a mis amigas adaptarse al reciente cambio mientras recuerdo lo que sigue.

***

Corral

Olivia miraba recelosa por la ventana a los carros pasar, como una gatita perezosa y solitaria en espera del regreso de su ama. Y así pasaban para ella esas horas felices e ingratas, absorta, como si todo eso le ocurriera a otra persona y no a ella. Una emoción invadía sus ojos a veces, otras una leve ansiedad. Todo junto provocaba una suave sensación de bienestar en la que ella podía denominarse a sí misma como una persona feliz.

Era precisamente en esos momentos en los que meditaba en su vida, en sus vacíos, en su soledad y en su antigua vida. Salir así de casa, apresuradamente, con la ropa en bolsas negras de basura, tomando el primer taxi que se plantara frente a ella para ir rumbo a la parada de bus más próxima. Luego ir en el primer bus que saliera hacia San José, el más barato. Un bus en el que todos los pasajeros la miraban raro. Para ellos sólo era una "loca". Una loca con bolsas de basura cargadas con quien sabe qué tonteras y una "loca" con un vestido. Nunca se olvidó de ese sonido del motor que la sumía en un ensueño mientras pensaba: "La ventanas son más frías en las noches más trágicas. Si lloras, nadie notará esa lágrima. Podría ser vapor. Que no te sorprenda si ves a una persona llorar aunque parezca dormida; estará soñando con tiempos mejores, con lo que deja y con lo que hallará en la próxima estación".

Olivia recordaba aquel primer paso en la escalera hacia su nuevo departamento, su nueva vida. A Amanda realmente le sorprendía que lograra mantener su nuevo hogar en orden, impecable.

Se la jugaba muy bien con las obligaciones, vivía en un cuasi equilibrio. Lo que más le sorprendía era que seguía siendo una excelente anfitriona, como en los viejos tiempos, pese a que ahora tenía más recarga de labores domésticas. El café siempre estaba recién chorreado, la repostería perfectamente colocada y procuraba seducir a los comensales con recetas de diversos países cuyos ingredientes ella misma elegía en el AM/PM más cercano.

Por otra parte, en esa época de cambios, Amanda comenzaba a coquetear con un enemigo muy peligroso, con una costumbre vana y traicionera; comenzó a tener deudas. Sí, eran pequeñas, pero solo al principio. Un traje de baño por aquí, el teléfono cortado por falta de pago, maquillaje por encomienda, cosas que poco a poco sumaban una gran lista. Ella se asustaba ante esos excesos pero no se detenía.

Olivia seguía mirando por la ventana. Le sorprendió ver a tantas personas en saco y corbata ese día. Allá a lo lejos iban unos estudiantes de Medicina, lo sabía porque llevaban la gabacha blanca puesta por media calle. Solo los imprudentes e ingenuos hacen eso, y alguno que otro doctor apresurado. El resto conocía bien la historia del mendigo y el doctor del San Juan, era casi una leyenda urbana. Fue Amanda quien puso a Olivia al tanto de la historia. Se trataba de un doctor que salió del hospital San Juan de Dios, quien olvidó quitarse la gabacha y al que le tocó presenciar un asalto en el que un indigente fue baleado. Al ser el único con gabacha, todo mundo acudió a él en busca de ayuda. Resultó que un ratero de San José era hermano del indigente y acudió a la escena del delito. Una vez allí, obligó al doctor a realizarle todas las maniobras de reanimación, en medio de aquella sangre, incluida la respiración boca a boca, con tal de salvarle.

Cerca de las seis treinta de la tarde noche, Amanda llegó al apartamento de Olivia muy alterada, los días habían sido caóticos, necesitaba desahogarse. La anfitriona puso a chorrear café como era costumbre, Olivia no tomaba café que no estuviera chorreado en el acto. No era demasiado caprichosa, pero ese sí era un gusto que se permitía, al menos en su propio apartamento. Amanda no tenía tantos remilgos, cualquier café le bastaba. Cuando Olivia preparó la bebida, ni muy rala ni demasiado fuerte, ambas amigas se sentaron y Amanda comenzó de esta manera:

—Querida, en la universidad pasó algo.
—A vos siempre te pasa algo —sonrió Olivia—. Decime.

Olivia miraba su taza de café, estaba caliente. Mientras ella sonreía, el humo se mezclaba entre las hojas de una planta que estaba cerca de ellas. Mientras Amanda hablaba ambas continuaron mirando al humo correr entre las hojillas verdes.

—En clase de Anatomía nos pidieron llevar la víscera de un animal para estudiarla, fui a los mataderos intentando obtener un cerebro, pero no encontré ninguno.
—¿Tenía que ser un cerebro querida? —continuó Olivia. No le gustaba mucho la idea.
—Sí. Llevábamos buscándolo dos días, mi madre también lo había intentado con los carniceros del barrio, con todo mundo. Pues resultó que fuimos a un matadero por Alajuela, era casi nuestra última opción. En el camino vimos un camioncito cargado con chanchos enormes rosados y uno con pintas grises, así que lo seguimos porque debía ir para el matadero.
—¿Querida, qué hora era? —exclamó Olivia mientras imaginaba la escena.
—Como las ocho de la noche y mi padre conducía. Mi madre iba muy indignada porque cada vez que el camión se metía en un hueco, los chanchos se elevaban bastantes centímetros del suelo y luego caían pesadamente sobre sus cuatro pezuñas. No había manera de evitar los huecos aunque el chofer hubiera querido, la calle era muy estrecha. De todos modos el conductor manejaba demasiado rápido. Los chanchos iban muy estresados y mi madre decía que debían darles algo para que no tuvieran

un viaje tan atropellado pues sufrían mucho estrés, y todas esas sustancias producidas de tan mal trance quedaban en la carne.

—Yo también creo eso querida.

—Igual yo. El asunto es que la conversación era bastante extraña e incómoda, no sabíamos si reír o llorar cada vez que los chanchos se elevaban, no es normal mirar a un chancho volar; por otra parte, morirían en unas horas y era su último viaje. Yo mencioné que parecíamos un cortejo fúnebre, y cuando mi madre dijo que la única diferencia era que los muertos estaban vivos, yo le dije que no había diferencia porque en unas horas morirían.

—Es bastante trágico. El ser humano ignora lo que pasa antes de comerse un bistec. Todos evadimos la realidad.

—Por fin el camión viró a la izquierda, pasamos un callejón oscuro. Luego llegamos al matadero. De primera entrada el lugar era bastante acogedor, largas filas de árboles custodiaban el camino, daba la impresión de guiarnos directo a una casa campestre. Luego el camión se acomodó frente a una especie de reja móvil, abrieron la puerta para que los pobres chanchos entraran al corral en el que debían aguardar su turno de ejecución. Mis padres y yo examinamos a los chanchos ni muy de lejos ni muy de cerca, todos estaban nerviosos, se resistían a entrar. Los golpeaban en los cuartos traseros, los jalaban con fuerza de las orejas para hacerlos moverse.

—Amanda, vos no debiste exponerte a eso. Son verdades que se deben evadir a veces.

—Todos entraron muy atemorizados. Mi madre estaba más que indignada, decía incoherencias y palabras nerviosas, "que debían darles algo", "que era culpa del viaje y ese estrés". "Que debían ser más disimulados", "engañarlos" para que no creyeran que iban a morir. Mi padre llamó al encargado de recibir el ganado para preguntarle cómo podíamos conseguir la víscera. Al final, el viaje fue casi en vano, no se podía sacar ninguna sin permiso de la administración, debíamos volver al día siguiente, el encargado estaría a partir de las siete.

—No puede ser.

—Sí. En lo que él nos explicaba todo eso, llegó un camión cargado con vacas, todas mirando hacia un lado diferente, todas amarillas y muy grandes. También iban a entrar. En ese lugar comienzan a matar al ganado temprano, tipo cinco y terminan como a las once. Debe ser lo peor, ser ganado. Me parece tan irónico ver esas cajas de embutidos con vacas sonrientes.

—Querida, como te digo, todos preferimos evadir la realidad, de otro modo no podríamos vivir.

—Pero a veces esas realidades deberían hablarlas. O al menos hacer las cosas de una mejor manera. No sé. El asunto fue que mientras el encargado nos explicaba, lo observé mejor y vi su camisa manchada de sangre. Cuando se lo mencioné más tarde a mis padres solo mi padre lo había notado. Luego pasó algo que me traumatizó enseguida. El chancho con pintas grises seguía en el camión, no quería moverse. Estaba horrorizado, le golpeaban los flancos para hacerlo caminar. Se movió un poco y se puso de pie. Vi sus rollizas patas y temblaban, luego se dejó caer y se negó a dar un paso más.

—¡Te imaginás lo que ese chancho sentía!, yo me habría suicidado —inquirió Olivia.

—Si el chancho hubiera podido lo habría hecho. Su estado emocional estaba al límite y allí mismo frente a mis ojos sufrió un ataque de pánico, se hiperventiló, comenzó a hacer sonidos jadeantes y guturales, espantosos. Hubiera deseado buscar una bolsa de papel y colocársela en la trompa para calmarlo, pero él estaba allí solo, frente a sus verdugos, completamente impedido. Era obvio que de alguna manera le harían salir pero no nos quedamos para verlo, sin embargo en ese instante, solo por esos pequeños destellos de instante, el chancho tuvo unos momentos de dominio, muy pasajeros, eso sí, pero los tuvo. Nadie podía moverlo, ni entre cuatro, nadie podía quebrar su voluntad, no podían mover la enorme masa de grasa que ellos mismos alimentaron. Nos fuimos y mi madre insistía en que debían darles algo, aunque fuera ron, yo le dije que el ron era demasiado caro. Luego ella dijo que por eso había que ser vegetariano, pero yo repliqué que éramos depredadores.

—Sí. Eso es cierto. ¿Te acordás cuando quise ser vegetariana?

—Olivia, ese fue un intento fallido. Es muy complicado y caro.

—No tan caro querida, podría una misma cultivarse las cosas. Pero sí es complicado.

—Bueno, aunque soportaste un año.

—Sí, fue bastante —terminó Olivia.

—Sabes Olivia, en mi mente repasé la escena de esa noche muchas veces, recordaba la boquita abierta del chancho hiperventilando. Abierta como dos pinzas. Veía pinzas por todas partes. Al día siguiente, mi madre me contó que allá en Colombia, cuando llevaban a las vacas al matadero, algunas hasta se arrodillaban y se negaban a caminar. ¡Ella misma las había visto! Esa imagen en otras circunstancias hubiera sido triste, hoy es más que penosa.

—Sí, mi padre me ha contado historias así.

—Al fin de cuentas, no conseguí el cerebro de chancho pero sí un corazón de vaca. Me lo dio el carnicero del barrio al día siguiente. Era enorme, casi tan grande como una cabeza humana y muy muy pesado. Me lo vendió por ocho mil colones. Me puse a pensar en que ese corazón podía ser de alguna de las vacas de esa noche. Lo miré detenidamente, con mucho respeto. Revisé las cámaras, las arterias y sus ramificaciones. ¡Ingeniería impresionante! Aun había sangre allí, presioné algunas partes para ver cómo fluía a través de las arterias antes de meterlo en formalina. Realmente odié todo lo que implicó conseguir la bendita víscera. Me sorprendí pensando en que algunos compañeros de clase mataron conejitos con tal de hallar la víscera de manera más fácil, me di cuenta de que los humanos somos realmente incomprensibles. El dolor innecesario no vale la pena. Yo los veía con cierto horror mezclado con odio...

La joven Amanda solía contar esta historia a sus conocidas,

todo mundo la sabía. Es curioso, yo también escribo a mi vez la historia del chancho de pintas grises, y hay al menos unas líneas dedicadas a ese ser de ojos enjutos, que cuando prestas atención, quiere mostrarte el alma por esos ojos. Y sí, dicen que son rechonchos y bulliciosos. Y que también ríen, y lloran.

¿Alguna vez has mirado un chancho a los ojos? Ahora que lo pienso, me voy a hacer vegana.

***

Carta de Amanda a sí misma
(pensando en el novio argentino)

A mí misma:

No sé por dónde comenzar. Me duele el alma. Entre amar y no amar, prefiero amar, aunque sea odiando.

Quiero mi libertad, pero no puedo dejarlo ir, ni dejarlo en libertad. Tanto así que he deseado que sea mi esclavo. ¿Es egoísmo? Tal vez sí. ¿Pero es eso el egoísmo? ¿Desear tenerlo todo?

He pensado en nuestra forma de vida. Ambos nos agredimos de tantas formas. Y yo, siempre irritable. Tal vez solo necesito un poco de espacio. A veces creo que debo aprender aún mucho más de lo que creo que me falta. Tal vez no estoy acostumbrada a trabajar demasiado por las cosas que quiero, si es que es lo que realmente quiero. ¿Será eso?

Tal vez puede ser que mi madre es bastante dominante, tanto así que yo degeneré en tiranía, y ahora no sé cómo lidiar con una relación de veras. ¿Existen los puntos medios? Tal vez, solo tal vez sean posibles.

Esto no es un juego, ayer me di cuenta, se puede hacer tanto daño. No me da placer hacerlo sufrir, ¿pero qué hago? Siempre terminará lastimado.

Por ahora creo que no soy capaz de decidir nada. Ni él tampoco. ¿No hacer nada es también una acción? Nadie lo sabe. Mañana ya veremos, o pasado mañana. ¿Quién puede saberlo?

Amanda L. J.
5 de junio de 2013
***

No estás sola

Era el cumpleaños de Amanda, 22 años y las crisis existenciales comenzaban de nuevo a surgir en remolinos equidistantes, eran como aguijones martillando su cabeza. Esa noche de cumpleaños estaba intentando leer un poco, pero una nube de preocupación se posó sobre su mente y no pudo seguir adelante.

No sabía qué pensar exactamente, ni qué pensaba en ese instante.

Estaba muy presionada con su relación amorosa, sus asuntos universitarios, sus proyectos literarios, todo esto la aplastaba. Esa continua confusión empeoraba por la presión externa que se fundía con la interna, en una danza mortal. Su relación romántica de dos años y medio estaba en un punto fatal. ¡Cuánta razón tienen los realistas! Una relación puede aportar o quitar mucha energía a la vida. ¡Qué realistas! Y una mala relación te agota, esa es la ley del desgaste. Exigir demasiado del otro o no exigir nada puede ser fatal. Dejar las cosas como están se convierte en una cruz.

Amanda entendía por fin por qué luego de terminar relaciones largas e insoportables, muchas personas nunca pasaban del coqueteo y la aventura a otra relación seria, o bien preferían estar solas. Le resultaba bastante razonable. ¿Quién diría que aquellas dos personas antes enamoradas ahora eran un dúo de desgraciados? Quemando, martillando, escupiendo y maldiciendo las cosas, la memoria del otro. Para Amanda el odio ahora parecía ser la cara perversa de un maloliente amor, y cuando se sumaba la pasión había guerra. Amanda creía que él le exigía mucho, realmente estaba al tope. Realmente se estaba asfixiando porque se había creado una relación de dependencia bastante enferma para salir sin daños colaterales. La relación estaba demasiado turbia, le pesaba demasiado. No sabía si lo amaba, a veces solo quería que él la dejara en paz, a veces solo lo odiaba. ¿Había amor? Amanda no lo sabía. ¿Y qué es el amor? ¿Qué es el odio?

Fue precisamente mientras pensaba más intensamente en esto cuando sintió algo en su pecho, ¿una emoción? No. Esta vez era diferente, estaba segura de que estaba sufriendo un paro cardíaco.

Sintió cómo su corazón se contrajo dos veces seguidas y comenzó a descompasarse. Una debilidad repentina acudió a ella, luego una dificultad respiratoria, para convertirse en sensación de impotencia. Le escribió a su novio desde el celular contándole lo que sucedía, pero él concluyó que difícilmente sería un infarto porque le había dado tiempo de escribirle. Sin embargo, Amanda sabía que los infartos podían ser muy distintos, como los de su abuela materna, que sufrió cuatro en diferentes ocasiones, sin darse cuenta hasta horas después.

No se alarmó, sino que se dedicó a sentir lo que experimentaba, muy a solas y en la oscuridad. Luego buscó a su madre, consuelo en todas sus desgracias, pero ella no le dio mucha importancia, entonces Amanda, por despecho, se encerró en su cuarto.

Moriría a solas. ¡Qué gran cumpleaños!

Justo días antes de su cumpleaños, mientras miraba T.V. con su padre, habían dicho en las noticias que una joven de 21 años había sido violada en un terreno solitario, a solo unas calles del Conservatorio de Arte en el que ella había estudiado con Sofía. Por gracia la chica logró escapar de su agresor y fue auxiliada por transeúntes. Al hombre, nunca lo atraparon.

A Amanda le impactó la noticia porque la joven tenía su misma edad.

El día de su cumpleaños, sus padres habían ido por ella y por su hermana a la universidad. De regreso, en el momento en que pasaban por el que había sido el Conservatorio de Arte de ambas hermanas, la mamá de Amanda mencionó que, justamente esa mañana, habían matado a una muchacha en el cafetal que casi colindaba con el Conservatorio, y que por eso todavía estaban carros de la policía en el lugar. Se creía, que fue el mismo hombre que atacó a la otra mujer.

Amanda lo sintió aún más cercano que la vez anterior. Esos cafetales habían sido sus rutas de escape en la adolescencia, cuando harta del colegio huía con sus amigas a lugares mejores, a la montaña, al centro comercial o simplemente a cualquier sitio que les pareciera apasionante, lejos de las clases. De hecho, en una de esas escapadas descubrieron que en medio de un cafetal había una especie de túnel subterráneo que pasaba por debajo de la pista y que llegaba hasta el otro lado, desembocando en otro cafetal.

Efectivamente, Amanda pudo ver por la ventana del auto a agentes de policía caminando justo en donde desembocaba el túnel y se estremeció.

Amanda le preguntó a su madre qué edad tenía la chica y ella le dijo que 22. "¡Qué ironía! —dijo Amanda—, ¡antes de mi cumpleaños violan a una de 21, y el día de mi cumpleaños matan a una de 22! ¿Será una señal?". Amanda sabía que esas tragedias pasaban todos los días aunque no aparecieran en las noticias, pero fuera una simple superstición o no, sentía que su vida iba de pique. Pensó en que esas chicas habían experimentado cosas fatales que ni siquiera podía imaginar. No le era sencillo comprender el alcance de la violencia, no le era posible poner en palabras el horror de saber que cualquier mujer podía ser asesinada en cualquier momento.

Pensó en la chica en el cafetal, sola, en cómo nadie había oído el forcejeo. A lo mejor ella pensó en sus padres, en su hogar. Quizás era como cuando una se quedaba a dormir por primera vez fuera de casa, entonces en medio de la noche una se daba cuenta de que están ausentes los sonidos habituales, los olores del hogar. También Amanda imaginó cómo la chica decidió luchar por no abandonar todas esas cosas que amaba, con uñas y dientes. Pudo ver en el fondo de su mente cómo alguien se había colocado frente a aquella mujer y la había matado. ¿Tenemos al menos una idea parcial de lo que eso significa?

Muchas veces Amanda tenía dificultades para buscar un punto medio entre la teoría y la praxis, ahora estaba más confundida que nunca. Se encontraba en un punto de su vida en el cual desechaba creencias que para ella estaban obsoletas, tomando otras diferentes. Por ejemplo, siempre había puesto en duda los sistemas penales, en especial el sistema de castigos, también la pena de muerte. Al mismo tiempo, desconfiaba de las leyes. Del mismo modo, intuía que la sociedad era vengativa y por eso odiaba la idea de quitarle la vida a alguien, sea en una silla eléctrica o con una inyección letal, o lo que sea, el medio de ejecución daba lo mismo. Al fin y al cabo, ¿de qué forma se cambia al mundo de esa manera?

Sus diálogos internos solían suceder así:

—En una sociedad llena de delincuentes, y suponiendo que estos sean tan perdidos que sea imposible su reinserción en la sociedad, ¿es mejor encerrarlos para siempre o matarlos?

Al final se encierra al delincuente para proteger a la sociedad, que representa a "la mayoría". Del mismo modo, las mayorías pueden ser perversas e irracionales. Por otra parte, las famosas cárceles de máxima seguridad eran un altar a la ironía. Celdas diminutas en las que habitan presos que no ven la luz del día, ni seres humanos, ni voces. Es para volverse loco. Amanda ya se sentía demasiado frágil, sabía que ella no soportaría tal aislamiento, se volvería loca, comenzaría a gritar. Gritaría como aquel loco que maldecía en un *reality show* que trataba sobre las cárceles de los Estados Unidos, en donde los carceleros, unos tipos gradotes de brazos rudos, le decían al reo: "Cállate ya, promete que te portarás bien", "sé bueno, porque hasta que no te comportes no saldrás de aquí". En un lugar tan miserable todas esas reglas son absurdas. Al final de cuentas, la sociedad es turbia, adentro de la cárcel y afuera. ¡Eso es lo que somos!

Amanda seguía:

—Y en la otra cara está la pena capital. Y bueno, matar tampoco es agradable, la muerte es algo tan misterioso y fuerte que resulta chocante. Un cuerpo contiene vida, entonces se debe matar a ese cuerpo para que la vida que lo habita se extinga. Ambas soluciones son una mierda, pero en esta sociedad, respondiendo al fin por el cual existe y a como están las cosas, cualquiera de las dos soluciones da igual. Dependerá del momento, del orgasmo social, lo que determine cuál aplicar. Y con respecto a los violadores, los asesinos a sangre fría, los psicópatas, quizás tenían su razón de ser. ¿No están formados de la misma carne que todos? ¿No son acaso hijos de la sociedad también? ¿Cuál es el origen de su maldad? ¿Podemos cortar esa maldad de una vez por todas? ¿Sacarla del cuerpo? ¿De la mente? ¡Para siempre!

Entonces Amanda dudaba de nuevo, en su triste opinión quien hacía esas cosas no estaba bien de la cabeza, y necesitaba también de ayuda. ¿Era posible conocer al ser humano detrás de esas acciones? ¿O era la naturaleza humana exacerbada, rota, imposible de coser?

Eso en la teoría. Pero en la práctica era presa de otras ideas, porque sabía que el horror de una mujer que a plena luz del día va a su trabajo y es metida en un cafetal contra su voluntad, podía pasarle a cualquiera. Su instinto la llevaba a razonar en función de protegerse. Intuía que sólo las mujeres podían entender el horror de una mirada pervertida a diario, ya eso era demasiado difícil de soportar, ir más allá era el colmo. Amanda se torturaba pensando en cómo ese hombre sujetó a esa chica, casi podía ver cómo le apretaba firmemente el brazo. Luego él la aruña, ella lo aruña en defensa, lo golpea y se defiende en esa última pelea. ¿Cómo se debe sentir saber que es la última? Pero él o ellos son más fuertes, la dominan. La aplastan contra el suelo, sin dejarla casi respirar. En esas circunstancias, difícilmente matan a una mujer sin antes violarla.

En una violación, hay una lucha carnal, hay brazos luchando y apartando a otros brazos, piernas pateando; los músculos vaginales se tensan dificultando una entrada, pero hay alguien o algo que entra desgarrando todo a su paso. Sólo queda dolor, otra mujer destrozada, una vida sexual traumatizada para siempre, si es que se logra sobrevivir. En definitiva, no es como en ciertas películas en donde se erotiza a las mujeres siendo violadas, en escenas patéticas, con gritos que más parecen gemidos pornográficos, producto de una sociedad enferma.

Una violación, daña el cuerpo, daña el alma. Luego de un trauma así dudo mucho que un cuerpo pueda retornar a la absoluta plenitud. Reeducar al cuerpo puede ser una tarea titánica. ¿Cómo enseñarle que no lo van a lastimar? ¿Qué prueba tangible ofrecerle para que se entregue a la estabilidad?

Al final Amanda no supo si a la chica que mataron la violaron también, pero no era necesario informarse al respecto. Una mujer fue violentada, eso es suficiente ofensa a la humanidad.

Amanda en su cama, mientras creía morir del corazón pensaba en todos esos acontecimientos. Al final había sufrido un ataque de pánico y no un infarto, aunque lo sintió como tal.

Ya más calmada, pensaba en cómo su vida emocional era perturbada, con intención o sin intención. ¿Acaso no era esa violencia una forma de violación mental, del alma? Amanda estaba muy sensible a lo que pasaba a su alrededor. Tenía miedo de algún día ser también violentada físicamente hasta morir. Ya tenía suficientes moretes en sus brazos, ¿qué sucedería si un día él no se detenía por alguna razón y la apretaba con demasiada fuerza y la traspasaba de lado a lado? Se daba cuenta de que su vida estaba mal. La presión que la rodeaba y el dolor de la incomprensión que sufría eran máximos. Muchos pensamientos venían a su mente de golpe. ¿Estaría en peligro de muerte? ¿Sería eso posible?

Recordó que Olivia le contó que una vez cuando estaba en clase de francés, hubo un debate entre los compañeros de clase sobre la violencia. Les preguntaron: "¿Qué harían ustedes si se encuentran en un supermercado y están asaltando a alguien a su lado?"

Todos los compañeros de clase expusieron sus puntos. Olivia, que estaba cansada de la vida, simplemente les dijo: "Yo no haría nada. Al final de cuentas todos los días somos asaltados, por ejemplo, con los productos que compramos, en los supermercados, etc., etc."

Creo que en cierta forma es cierto. ¡Hasta para defenderse se necesita de energía vital! En cierta forma, vivimos según la ley del más fuerte. El más fuerte, es un ente abstracto que drena las fuerzas y desgasta la carne.

Cuando Amanda estaba triste su mente se paralizaba, no podía pensar en nada. Solo dormir. Le hubiera gustado irse lejos ese mismo día, a África, a Perú o a Europa con su hermana, a recorrer las iglesias de Italia, a buscar a aquel Cristo del que un día su profesor de Historia del Arte trajo fotos impresionantes. Ese Cristo desnudo que ostentaba las partes íntimas en las ilustraciones, las cuales los religiosos de la iglesia que lo custodiaban tapaban con un paño, por pudor, cuando los visitantes lo admiraban en vivo. Desde ese día quiso hacer un viaje así, por su cuenta, en busca de algo difícil de encontrar. ¡Una aventura! Sentirse joven y viva, sentirse humana, mortal, recordar que allí había un corazón que aun podía latir y emocionarse. ¡Uno que no tenía miedo!

Recordó a una amiga suya llamada Marta, a la que una vez una mujer mayor escuchó quejarse y le dijo: "¡Muchacha, pero usted está muy joven para quejarse así, ni que fuera tan vieja como yo!", a lo que Marta respondió: "¡Puedo ser joven de cuerpo, pero no de alma!"

Era cierto, en parte Marta, Amanda y muchas otras jovencitas son, digamos, disfuncionales, no calzan en el mundo, hay algo que no les permite insertarse en la sociedad de lleno, calzar en el engranaje, se resisten. ¿Pero por qué? Quizás porque esperan algo mejor, quizás porque quieren, no un cuento de hadas, sino una liberación total, de la falsedad, del machismo, de los estándares. Algunos dirán, que sí, ¡que es el mismo cuento de siempre, la misma retahíla de los incomprendidos! Pues les diré que más allá de todo prejuicio existe una infelicidad pasajera constante, esa que todos sentimos de vez en vez, especialmente cuando estamos en soledad. Esa que ignoramos y tapamos con resmas de papel cada día, la sepultamos bajo pilas de obstinación, algunos bajo pilas de sexo sin control, otros bajo botellas de licor o páginas de novelas. Algunos la apuntan con el filo de su religión, se convierten en emisarios de una idea prestada de otras ideas y se creen fuertes. Otros solo necesitan un par de píldoras para dormir y ya está. Al final, solo aquellos que buscan dentro de sí y aún en la inconformidad, tal vez entienden que hay algo que no calza en la humanidad.

Realmente creo que el motor del mundo es la insatisfacción, en sí misma es una reflexión útil y hasta necesaria. Es el ritmo del corazón de la humanidad.

¿Es necesario no desar nada que parezca imposible para poder hallar descanso?

Porque algunos llevamos más de veinte años buscándolo, y aún no se ve venir. Las necesidades humanas, las de siempre, serán las capitanas de nuestros destinos la mayor parte del tiempo. ¡Comer, dormir! Sobrevivir.

Ante cualquier posición en la vida, siempre habrá un precio que pagar. La infelicidad será siempre una constante casi en cuotas equitativas, salvo en marcadas excepciones, lo mismo que la alegría.

Amanda no sabía si seguir infeliz con su vida, o si debía cambiar e intentarlo todo de nuevo. Deshacerlo como la plastilina, de una vez por todas y comenzar a vivir por sí misma. ¿Sería muy pesimista? ¿O se estaría uniendo al bando de los que "les hubiera gustado hacer tal y tal cosa, pero nunca se atrevieron"? De los que se quedan en el mismo lugar, por temor a lo desconocido. Todos mutando en monstruos deformes, a los que no se sabe si matar o dejar vivir.

La noche cayó sobre toda la ciudad, cayó con una fuerza abrazadora que se hizo sentir y las tinieblas se hicieron aún más densas por la bruma que bajaba de las montañas. La bruma se dispersó, dejando ver las luces de la ciudad, rojas, amarillas, violetas.

Amanda lloraba sobre su almohada esa noche, mientras el eco flotaba.

Su amiga Olivia, en el otro lado de la ciudad tampoco podía dormir. Estaba inquieta desde hacía rato, sin razón aparente. Dos veces había subido y bajado las escaleras.

De pronto, sintió un estrujamiento en el pecho, vino una fuerte emoción de algún lado y se paralizó: "¿Será un infarto?", pensó. Sintió horror y lo dejó entrar, comenzó a llorar sin control tirada en el piso. Lloró tanto que en el suelo se formó un charquito, parecía una imitación barata de sangre.

Su gata la miraba absorta. Como si presenciara una fiesta de ratones.

***

Carta de Amanda para Olivia

Querida amiga:

Hay veces en que medito mucho acerca de las pasiones. Conozco tus opiniones al respecto, sin embargo no creo que ni tú ni yo estemos cerca de la verdad.

Sabes que amo mucho a mi hermana menor, el problema es que no siento amor recíproco de parte de ella, si bien no debo esperar nada a cambio realmente quisiera que ella me amara tanto como yo. Ella es tan egoísta, lo ha sido últimamente. Todo comenzó mucho antes, con la historia del pollo, pero se vio acrecentada por otros acontecimientos posteriores.

Como sabes, la alergia acude a mí a cada instante, y querida, realmente la paso mal. Simplemente quedo imposibilitada, tanto así que la universidad es un suplicio cuando me encuentro sumergida en estas condiciones. Ya de por sí levantarme es todo un reto, y vivir, a veces no sé cómo seguiré haciéndolo. Parte de mi vida transcurre entre una enorme tristeza, sin embargo, a veces logro sobreponerme. Temo por mí, porque me siento más frágil de lo que pensé y creo que necesito que me cuiden, que alguien vele por mí y eso me aterra. Ya no soy una niña, soy una mujer. Ya son veintidós años, pero sigo siendo quebradiza, como esos productos de vidrio muy fino que se guardan tras un escaparate para que no estén al alcance de los niños.

Pues fue en una de esas crisis cuando sucedió todo. Me encontraba sufriendo en el sillón de la sala, eran casi las seis y media de la mañana. Me dolía el cuerpo y me costaba respirar. Había pasado una noche terrible, con mucho dolor y tratando de tomar aire. Pasar una noche así cansa, amanecí sin poder dar nada más de mí, solo necesitaba dormir por mucho tiempo. Es ese cansancio que precede a los sufrimientos, el sueño y el letargo que acude luego del funeral de un ser amado o luego de un terrible dolor *menstrual. Curiosamente también es uno de los sueños más deliciosos y reconfortantes. Así estaba yo esa mañana, todo lo percibía en lontananza. Entre el sueño y la vigilia escuchaba a mi madre alistarse para ir a trabajar. Escuchaba sus pasos ir y venir entre el baño y la cómoda. Mi hermana estaba en la cocina desayunando, ese día no tenía clases, escuché volcarse la bolsa del cereal un par de veces.*

Mi madre le dijo a mi hermana:

—Sofía, cuando su hermana despierte dele esta medicina, le ayudará a abrir los pulmones. No se le olvide. Y prepárele un té caliente —le pidió antes de cerrar la puerta.

Luego me dormí y no supe más. En la noche ya estaba mejor, mis padres llegaron. Mi madre feliz de verme mejor me preguntó si Sofía me había dado la medicina y le dije que no. Mi madre le preguntó a Sofía por qué no había hecho lo que le había encomendado. Y ¿sabes qué respondió?

—Ni que yo fuera su mamá.

¿Te imaginas? Y entonces pensé que sí, que era cierto, no era mi mamá. Nadie lo sería. Me vino a la mente la historia bíblica de Caín y Abel. Caín mata a Abel y Dios le pregunta por su hermano y éste le contesta: ¡Ni que yo fuera su guardián!

Lo que me duele es que yo no puedo ser así con ella, yo sí la cuido cuando está muy enferma. Siempre lo he hecho y no tienen que pedírmelo. Quisiera que ella tuviera esas consideraciones conmigo, por amor, cuando realmente estoy mal.

¿Recuerdas la historia del pollo? Creo que no te la conté. Fue así. Éramos pequeñas y teníamos dos pollitos, uno amarillo y otro negro. El mío era el negro y el de ella el amarillo, pero al final pasábamos tiempo con los dos. Resultó que yo estaba jugando con el pollito amarillo que se llamaba la Gallinita, aunque nunca estuve segura de su sexo, cuando Sofía intentó quitármelo. Querida, ¡qué recuerdo penoso! Sofía tiraba del cuerpo y de la cabeza del pollito y yo de una pata. Llegó un instante en el que pensé: ¡Si no la suelto, la Gallinita va a morir! Y entonces la solté. Sofía se llevó su

triunfo.

Nunca olvidé ese día. Creo que fue el primer atisbo de su egoísmo. Con el tiempo me di cuenta de que Sofía era predominantemente egoísta. Aunque al principio lo relacioné con la edad, con los años concluí que ella era así. La historia del pollito fue muy significativa para mí. A veces siento que ella es capaz de todo, hasta de dejarme sin hogar, puede llegar a ser muy altiva y mala.

Sabes, cuando era niña y hacía mucho frío sufría de crisis respiratorias peores que las de ahora. Cuando las cosas empeoraban mi padre se acostaba junto a mí, y yo me recostaba sobre su pecho para recibir su calor, mientras, mi madre acariciaba mi cabeza. Luego oraban. Me dormía escuchando sus voces. Me hacían volver a la vida, podía volver a respirar. ¿Qué haré cuando me falten mis padres? Dime tú. ¿Qué haré? Tengo miedo de hacerme vieja y morir sola y ahogada en mi propia alergia.

¿Crees que algún día me cure de esta alergia? ¿Habrá esperanza?

Amanda L. J.
***

Temerosa en la gran ciudad

Olivia disfrutaba de su nueva vida, escribía para una revista *undeground*. Amanda veía cómo su amiga había retomado con éxito sus pasiones literarias. Eran artículos irreverentes y populares, la crítica decía que se estaba convirtiendo en algo así como un "clásico" de la revista.

¿En qué puede hacer la diferencia un clásico en la vida de una joven escritora? La diferencia es que todos leen religiosamente lo que se les ofrece. El último artículo se llamaba así: "Carnaval en la Torre de Babel".

Ese día decidieron celebrar.

Amanda siempre tenía dificultades para salir, la alergia la hacía postergarlo todo a última hora. Este era un motivo de discusiones entre ambas. Pero luego de visitar a aquella doctora de origen chino especialista en Neumología, y con una pastilla tan pequeña como la de los anticonceptivos, la alergia se había ido. Amanda no dejaba de alardear, contaba a todos esa proeza. Sin embargo, su madre no dejaba de recordarle que la doctora había dicho que la alergia estaba controlada, no curada y que no descuidara el tratamiento. Por otra parte, era la primera vez que Amanda tomaba al día un tratamiento. ¿Sería que por fin era responsable?

Ambas reían escandalosamente en un café de por allí hasta las lágrimas. Apagaron el celular y pidieron dos capuchinos con canela. Luego asistieron a La Sala Garbo a ver una película. Cuando acabó, fueron por una copa de vino al bar Shakespeare. Después caminaron un rato por las calles josefinas. Todo era demasiado hermoso y encantador, demasiado violento y siniestro a la vez.

San José centro da esa doble expresión, tiene dos caras. Una muy acogedora que invita al pasante a recorrer las calles, otra turbia que causa miedo, como si alguien fuera a clavarte un puñal por detrás.

San José tenía mala fama, especialmente de noche, todas las historias de asaltos y asesinatos en la zona roja y en zonas no rojas, traumatizaban a cualquiera que no tuviera intimidad con esta parte de la ciudad. Las que más sufrían eran las personas que venían de zonas rurales, que cuando forzosamente debían venir a San José se asustaban. Partían muy temprano para regresar lo más rápido posible, que no les sorprendiera la noche. Amanda, Olivia y otras personas de su generación también crecieron viendo a sus madres quitarse todo lo que tenían de valor, anillos, pulseras, aretes, cuando iban a San José, y suspirar de alivio cada vez que volvían a casa. Escucharon decenas de historias, de cómo le quitaron a una vecina los aretes antes de subirse al bus, tan rápido que ni tiempo de reaccionar tuvo. O la que atendía la tienda, que le arrancaron parte de los lóbulos de las orejas por llevarse sus argollas.

Sin embargo, las entonces niñas, también crecieron y tuvieron que movilizarse de la en ese entonces más tranquila Heredia, u otras provincias, y viajar a San José para estudiar en la universidad sus respectivas carreras.

San José les encantó. Poco a poco se hicieron dueñas del lugar, cada una a su tiempo. Entonces, cada rincón comenzó a manifestarse, esa maravillosa intimidad persona-ciudad cedió con mucha naturalidad. Cuando nos damos cuenta ya no hay miedo, ya se conoce a sus habitantes. A los que son de allí, a los que venden chucherías y a los que solo pasan. Poco a poco se aprende a leer la historia de las personas, en los rostros, en la forma de caminar o en el brillo de los ojos. Cuando ves a alguien ya sabes cómo puede ser su vida, o hacia podría ir. Se llega a saber si estudia arte o trabaja en maquila, si vive solo o con la familia, si aquella tiene dinero o solo lo aparenta, si aquel vive en los "barrios marginales" o pertenece a la "clase media". Por supuesto, reconoces a los ladrones y te apartas, no te dejas timar. Evitas los lugares peligrosos porque la ciudad te los comienza a mostrar. Eso es intimidad. En la ciudad se descubren lugares muy especiales, que parecen ocultos en otra dimensión. Es como si tuvieran voluntad propia. Como ese tesoro que solo se deja mostrar a ciertos viajeros, así era el Café Moro. Olivia se lo presentó a Amanda y Amanda a su vez se lo presentó a algún amante.

La primera vez que Amanda y Olivia lo visitaron no pidieron muchas cosas para comer, porque aunque bello era muy caro. En cambio, esta vez pudieron pedir lo que se les antojó.

No habían planeado llegar hasta allí. De pronto se encontraron frente al edificio y dijeron: "¡Entremos!"

¡Era tan lindo ese edificio! Había que tocar una campanita para entrar. Su arquitectura era arabesca. Realmente hermosa. Una fachada seductora y una escalera que daba a un patio que, daba la impresión de ser de mosaicos muy especiales, de un místico material de colores prístinos. Ya adentro se estaba en otro mundo. El café lo abrían a las cinco, justo antes de la puesta del sol. Esa tarde, cuando el sol tocó las paredes de colores, el sol demasiado amarillo se fragmentó, cayó como lluvia tan intensa que hería las emociones de ambas. No se podía hablar, era como un sueño demasiado cercano y lejano a la vez. Se quería tocar con las manos toda aquella belleza, transformar toda esa luz entre los dedos, pero nadie se movía. Contemplar era lo único que se podía hacer.

Ya en la noche salieron de allí, como si nada hubiera pasado. De no haberlo contado, nadie sabría que ellas estuvieron una vez en Arabia, que vivieron una lluvia de escarcha y que se ocultaron entre los muros de una ciudad que resguardaba secretos e íntimos acontecimientos.

Afuera parecía que una parte de la ciudad ya se dormía y una nueva vida nocturna despertaba. Los casinos de esos hoteles que albergan extranjeros ávidos de sexo, abren sus puertas desde muy temprano, pero es en la noche cuando esos monstruos despiertan de veras con hambre. La noche cae para todos. Es tan mágica. Es un narcótico. Por eso las personas prefieren citarse de noche. De noche muchas cosas comienzan y terminan, se cometen muchos errores y se magnifican muchas otras cosas antes insignificantes. La noche es la única capaz de enmascarar defectos, hacer lucir a la gente bella por dentro y por fuera. Nos guía, es también cómplice. No en vano las personas eligen los rincones más oscuros y menos expuestos para departir con lo prohibido. La noche es mi amiga. La noche en San José es casi la amiga de todos. A veces parece su cielo marchito, como triste. A veces es demasiado oscura, y a veces la luna parece sangre y la gente se pone nerviosa. En las esquinas se encuentran las mujeres de elegantes vestidos y faldas cortas, conversando con los extranjeros que pagarán dólares por usar sus cuerpos. Se instalan cerca de los hoteles y casinos principales, esperando, reconociendo, tanteando. Más allá, hay personas trasnsexuales, por la esquina del hotel, que de vez en cuando miran la luna. Y mucho más allá, cada tanto, yace un apuñalado cuya sangre nutrirá las aceras.

Cerca de la Plaza de la Cultura, frente al Teatro, algunas veces hay mujeres a las que se les suele llamar "finas", con su ropa cara, su piel maquillada y ademanes estudiados al estilo diva de Hollywood.

Amanda le contó a Olivia que una noche estaba con su novio en una banca, habían salido a respirar aire fresco y a observar las palomas de la plaza. Se sentaron. A lo lejos Amanda vio a una mujer venir que se sentó cerca de ella. Le llamó la atención el balanceo oscilante que acompañaba la seducción en proceso de un estadunidense sesentón que llevaba gorra y sonreía cada tanto de forma extraña. La mujer vestía una blusa de un rosado pálido.

Entonces, Amanda le dijo a su novio:

—Hay algo en ella que me lleva a reflexionar.

En eso estaba cuando su novio le dijo de repente:

—¡Lleva tacones finos!

Amanda sintió algo extraño en su pecho. A partir de ese día, por alguna razón, nació un sentimiento muy extraño que nunca pudo descifrar, quizás, el miedo a que él le fuera infiel con otra mujer. ¿Por qué despertó de esa forma su miedo?

Eran casi las diez de la noche. El tiempo había corrido entre caminar, pensar y recordar. Era hora de marcharse a casa.

Olivia fue la primera en llegar, aguardó despierta hasta saber que su amiga estaba también a salvo en casa.

Olivia ahora llegaba mucho antes porque solamente debía atravesar la Plaza de la Cultura y el Paseo Colón hasta su apartamento. No era como cuando vivía en Heredia, era mucho más largo.

Esa noche, antes de entrar a su apartamento, había pensado acerca de su vida, en su casa de juventud, de cuando su madre la esperaba despierta en la sala, cuando llegaba tarde. En ese entonces le molestaba porque debía saludarla de beso en la mejilla, y su madre podía descubrir si había bebido o no alcohol. Recordó aquellos momentos, pero volvió a la realidad. Tenía frío, debía entrar pronto a casa.

Abrió la puerta de su apartamento, unos ojos relucientes contrastaron con la luz de afuera, se dio cuenta de que su gata la estaba esperando. Tenía los ojos muy abiertos, parecían sonreír.

Esa noche la dejó dormir otra vez con ella.

Hacía un mes entero que no la dejaba entrar al cuarto, desde que había sufrido el último ataque de pulgas.

***

Esquela de un novio sureño
(7 de mayo de 2013)

Esa tarde, al abrir el correo electrónico Amanda encontró un mensaje de su novio argentino.

Te extraño demasiado…

Así de simple.

***

El balcón

¡Déjame amarte! Eso fue lo que él le dijo con su acento cantarino, aquella tarde, mientras caminaban por la fuente de piedra.

Amanda no sabía qué pensar. Él la miraba desde lo profundo del alma. Una sinceridad demasiado cristalina brotaba y la hacía sentirse contrariada. ¿Realmente esto es tener novio? ¿Así se debería sentir? ¿Será que realmente vamos a estar juntos siempre?

¿Cuándo fue la última vez que ella había mirado a alguien de esa manera? ¿Cuándo fue la última vez que pensó: "¡Diosa, no comprendo esta emoción! ¿Por qué es tan grande?"

Así se había elevado su alma una única vez, con el hombre del piano. Su corazón palpitaba cada vez que sabía que lo iba a ver. Y una vez, tras la ruptra, quedó congelada en medio de la calle porque el aroma a café expreso que salía de una tienda era exactamente igual al que tomaba él.

Un día en que veía unas fotos de aquella época, se dijo: "¡Yo no merecía eso!", y lloró. Sin embargo, ahora tenía frente a sus ojos al hombre que ella creía era el más fiel que se había visto sobre la tierra, ante cuyos ojos no existía ninguna otra mujer, ninguna Jennifer, ninguna Flora, solo una Amanda. Sin embargo, ¿la creencia en la fidelidad del otro era motivo suficiente para quedarse a su lado? ¿Realmente estaba segura al lado de ese hombre? ¿Qué pasaría si un día aquella mirada cambiaba, se encendía sobre la yesca y la quemaba? ¿Cuándo fue la última vez que ella amó sin miedo?

Sí, en realidad sí había una vez reciente en que el amor la había conmovido hasta las lágrimas, hasta casi hacerla desfallecer. Fue junto a sus dos conejitas: Agar y Dalila.

Entraron a su hogar sin previo aviso. Una tarde Amanda trajo a una coneja enana y gris. Le llamó Agar, en memoria de la mujer de la Biblia que es apartada del hogar por Sara y Abraham y es arrojada al desierto. Es una madre soltera que ante los ojos del Dios árabe es madre de naciones. Así que Agar fue el nombre de la conejita. Luego vino una segunda coneja, para ser la compañera de Agar, se llamó Dalila. Era blanca como el algodón y tenía manchas oscuras en el medio de sus dos hermosas orejas. Sus ojos, ¡qué ojasos! Parecían delineados al estilo egipcio, con tintura negra, de una manera tan dramática que resaltaba en medio de todo el blanco de su pelaje. Al observar tal glamur solo pensó en ese nombre: "¡Dalila! La que venció a Sansón sin necesidad de la fuerza".

Agar y Dalila se instalaron en un corral muy cercano a la casa. Eran aún pequeñas, Amanda no sabía cuánto la iban a sorprender. Respondían a su llamado, huían de los desconocidos, solo se dejaban alimentar de su mano, de nadie más. Cuando las sacaba a pasear por el patio, la seguían dando saltitos. Al principio les puso una caja por cueva, allí dormían. Había que reemplazarla cada vez que llovía. Amanda comenzó a alimentarlas con lo básico, verduras, legumbres, alimento concentrado, zacate y abundante agua. Estaban hermosas. Luego ocurrió uno de los momentos más hermosos de Amanda, aquellos en donde la intimidad realmente nos consume en absoluta contemplación.

La noche parecía de escarcha, Amanda no podía dormir. Un peso atormentaba el fondo de su alma y un dolor pasajero la hería de a pocos dejándola exhausta, ni la mataba ni la dejaba vivir en paz. La ansiedad era tanta que no podía llorar, decidió salir al contacto del aire frío de la noche aunque la paralizara. Caminó sobre el zacate. La noche estaba muy oscura, cayéndose a pedazos. Se acercó al corral y no vio a las conejas, estaban dentro de su caja. Amanda solía cantarles una canción, "¿cuál es más bonita de las dos, ¡de las dos!? ¡¡¡Las dos son bonitaaaas!!!"

A veces su hermana decía en vez de "bonitas", "feitas",

Amanda odiaba que las conejas escucharan eso.

Esa noche se acercó despacito, sin hacer ruido y cantó muy suave, demasiado suave la canción, para que nadie más pudiera oír. Esperó. La coneja blanca asomó la cabeza por la caja. Luego Amanda cantó de nuevo, ambas salieron, se detuvieron un poco lejos. Dudaban. Las pisadas sobre la hierba eran ligeras. El zacate estaba cubierto por pequeñas gotas de rocío y mientras daban saltitos, parecía que eran tan livianas que no las pisaban. Amanda cantó de nuevo, esta vez sí la reconocieron. Corrieron. Corrieron cual veloces rayos y estrellas fugaces que atravesaron la cerca, se irguieron sobre sus patas traseras buscando caricias. Amanda se las dio, les habló, ellas se dejaron hacer, y esa noche curaron todas sus heridas del alma, en el silencio impenetrable, mientras la ciudad dormía. Sin hacer ruido se gestaba un milagro, la sanidad de un alma que sufre, pero que dormirá en paz esa noche.

Amanda guardaba en su corazón esos momentos como sagrados, en un templo alzado a las cosas nobles.

Las conejas crecieron, cambiaron. Sus rasgos maduraron. No buscaban las caricias de la misma forma. Ya no la seguían a pasitos mientras caminaba por el patio. Ahora buscaban por ellas mismas inspeccionar todas las superficies. Amanda descubrió otra forma de amarlas. En las mañanas o en las noches solía darles de comer de su mano. ¡Cuánto le encantaba verlas comer! ¿Puede haber algo más hermoso que ver a una conejita comer? O cuando las dejaba vagar a sus anchas fuera del corral y ellas daban cabriolas, corrían a grandes velocidades, Amanda las observaba por horas totalmente enamorada. Cuando las conejas comían zanahorias o chile dulce de su mano, Amanda se estrujaba hasta las lágrimas con una emoción totalmente incomprensible. Así que, el día que su padre le dijo que había visto a un gato negro rondando la propiedad, Amanda cayó en pánico.

Días antes las conejas habían cavado un agujero en el corral. El corral era bastante grande, tenían zacate y una casita de perro que las protegía del sol y del agua, pero ellas querían más. Construyeron una madriguera a partir del primer hueco que cavaron, era imposible conocer su extensión o profundidad, pero era probable que parte de ésta estuviera debajo de la casa, cerca de las tuberías lo que preocupaba a su madre y a su padre. Sacaron tanta tierra como jamás lo hubiera Amanda imaginado de conejas tan pequeñas. Al principio tapó el hueco con una tabla, pero luego pensó que mejor lo dejaría abierto por aquello de algún gato.

Una noche metió a las conejas en una caja dentro de la casa, las dejó ahí, el gato rondaba, lo había visto desde el balcón merodear. Las conejas odiaban la caja y el encierro, la pateaban desde adentro. Amanda decidió sacarlas al corral, de seguro el gato no volvería por esa noche. ¡Cuán grande fue su sorpresa! Justo cuando estaba por dejarlas libres vio al gato negro, agazapado frente a la cueva esperando a que alguna saliera para devorarla. El gato al verla huyó. Desde ese día Amanda colocó una enorme manta blanca cerca de la puerta del corral y construyó un muñeco con sombrero. Lo sentó en una silla y le amarró un palo en la mano. Se veía amenazante. El gato no volvió más, excepto la vez que lo vio desde el balcón deambulando cerca del muro, pero ella le gritó y el gato por fin se rindió. Sin embargo, Amanda no volvió a cerrar la ventana, por si acaso escuchaba algún ruido sospechoso.

Dos meses después Amanda llegaba a casa muy cansada de la universidad, oliendo a formalina tras un agotador laboratorio de anatomía, cuando su hermana le anunció que Olivia había llamado, se escuchaba muy mal.

—Amanda. Apresúrate a llamarla. Estaba llorando —le dijo Sofía apenas la vio llegar.

Amanda la llamó, casi de inmediato. Olivia se había quedado

afuera del apartamento, había perdido las llaves y la gata se había quedado encerrada. Olivia podía verla a través de la ventana, eso le partía el alma. La pobre Desdémona no comería esa noche sino hasta el día siguiente a las dos de la tarde, cuando el dueño de los apartamentos se dignaría a abrirle.

¿Cuántas veces Olivia no lo recibió en el apartamento a las diez de la noche? Lo recibió a él y a los posibles compradores que el dueño llevaba cada tanto. Y ahora él estaba en un bar de Alajuela celebrando un partido de fútbol, decía que no le podía ir a abrir hasta el día siguiente, luego del medio día.

—A las dos —dijo el dueño—, por aquello de la goma.

Desde que Olivia la había traído a vivir con ella no había estado sola ninguna noche, la gata pasaría su primer día en soledad.

Amanda siempre creyó que los gatos eran desgraciados y desapegados, que no sentían nada, que eran huecos por dentro, desalmados, pero poco a poco tuvo que sepultar esa creencia, porque su mejor amiga siempre tuvo gatos, primero a Pilato y ahora a Desdémona, y poco a poco se había comenzado a interesar.

Desdémona realmente había sorprendido a Amanda la última vez. ¡Qué gata más lista! Cuando la gata estaba recién llegada, Amanda fue a conocerla, pero como toda gata desconfiada, no se dejó ver de Amanda. Se ocultó por la escalera que daba al segundo piso, cerca de un espejo gigante. Amanda desistió de buscarla y continuó hablando con Olivia.

Todos sabemos cuando alguien nos mira, así que Amanda miró al espejo con esa sensación y descubrió que la gata la estaba espiando a través del espejo, discretamente. Desde ese día Amanda temió más por sus conejas, difícilmente se engaña a un gato, tarde o temprano su muñeco sería descubierto.

Cuando Olivia llamó aterrada, se sentía la peor madre. Amanda pensaba, "¡Olivia, a la gata no le importa!", sin embargo, por ser la gata de Olivia, inevitablemente sintió cierta preocupación.

¡Si las conejas supieran!

Al día siguiente de la infortunada pérdida de las llaves, Amanda le preguntó a Olivia si por fin había podido alimentar a la gata y Olivia le dijo:

—Sí, pero curiosamente vino más por amor que por comida. ¡Se quedó esperando mis caricias antes de empezar a comer! Parecerá mentira, pero lucía muy alegre, como quien pasa una noche despierta de la pura angustia. Solo le faltó decirme "¡Diay! ¿Dónde andaba? Estaba preocupada por usted".

Amanda comenzó a sentir respeto por esa gata y se preguntó si realmente era sincera. ¿Sería un estado pasajero? ¿Cómo sería convivir con un gato?

Después de todo la gata aún era joven, tal vez le ocurriría lo mismo que a las conejas. Olivia tendría que aprender a amarla de nuevo, de otras formas, incluso menos efusivas, pero más intensas.

Olivia le decía: "No importa cómo sea mi gata hoy o mañana, ella es libre, y así la voy a amar".

Eran las siete de la noche. Le dio una zanahoria a las conejas y pensó en todo esto mientras les acariciaba las orejas. Al día siguiente visitaría a Olivia en la noche, de modo que, cerca de esa misma hora, estaría acariciando a la gata, enemiga irreconciliable de las conejas, a quien estaría aprendiendo a amar.

***

Carta de un novio

No quiero causar más dolor. No quiero ser como esas personas que están allí y buscan constantemente a una persona que hicieron mierda para hacerla más mierda.

Nunca fui bueno para la literatura pero trataré de decirte lo que siento.

Quiero pedirte perdón. Perdón por haber tirado a la basura todo lo que teníamos.

Yo fui la persona más estúpida del mundo por haberte desechado. Fui ingenuo e idiota. Este es un típico caso de que "nadie sabe lo que tiene hasta que lo pierde". Pero nadie aprende por cabeza ajena.

Yo lloraba en las noches cuando estaba contigo pidiendo alejarme, yo sufría a tu lado pensando en dolor y en desamor. Y tuviste razón en cada cosa. Yo solo veía lo malo y no lo bueno.

Yo solo quise alejarme, pensando que lejos de ti estaba la felicidad, haciendo caso de eso que dicen de "no hay mal que dure 100 años ni cuerpo que lo aguante".

Me equivoqué. Pensé que podía volver a la soledad a la que estaba acostumbrado. Pensé que mi felicidad estaba a la par de otra persona pero no era así.

Resultó que tú eras mis días y mis noches. Si me levantaba cada día era porque tú estabas allí, tal vez no despierta, pero sabía que en algún momento ibas a aparecer. Y si me acostaba tú eras la única que llamaba para saber cómo había llegado.

Te tenía para abrazarte, para estar contigo y lo tiré.

Recuerdo que te dije que el tiempo solo sirve para obtener las libertades que no tienes cuando estás con alguien.

Pues resulta que el tiempo sí tiene su importancia. El tiempo te enseña a recordar. A recordar por qué estás con alguien, por qué te enamoraste de esa persona y qué sería de ti sin esa persona.

Cuando empecé mi relación contigo, tú eras mi primera novia. Yo nunca había estado con nadie antes. Y ese año que estuve junto a ti, no sabes cómo te amé, yo me hubiera casado contigo desde que te conocí. No pensé que iba a doler tanto querer pasar tanto tiempo contigo y ver cómo tú hacías lo posible por ocupar tu tiempo en otras cosas. Yo no entendía por qué si me tenías a mí querías estar con otra gente o lejos de mí.

Me hiciste tanto daño que poco a poco todo se fue deteriorando. Muchas veces te pedí darme tiempo para empezar de nuevo, comenzar desde 0 con alguien, volver a enamorarme, pero nunca me diste esa oportunidad.

Lo lamento, sé que ya no tengo ningún derecho de decirte estas cosas.

No te voy a mentir, salí con alguien, sin embargo solo pude salir una vez. Tenía la mente puesta en ti y no en la persona frente a mí. Me encerré, ya no salí más, y me dediqué a estudiar, con lo que pasé mis cursos.

Yo nunca quise perderte completamente, siempre quise mantener el contacto, pero de la nada desapareciste como si nunca hubieses existido.

Me levanto todas las mañanas vacío y sin rumbo esperando encontrar algo que lo llene pero no estás.

Hablé con Ernesto hace unos días y me comentó que estabas super bien, que todo estaba superado y que estabas mejor que antes.

Hoy Marco me escribió mientras yo matriculaba los nuevos cursos diciéndome que te vio, y casi me descompongo en la U, pero he aprendido a disimular sonrisas cuando lo que quiero es gritar y huir y mandar todo a la mierda.

Lamento escribirte.

Solo quería decirte que te llevaste la mitad de mi alma.

Con esto dicho, y sabiendo que soy parte del resto de tu pasado. Me despido. Que estés bien, yo también me perderé lejos de acá.

Ricardo M.
5 de julio de 2013
*** *** ***

La más cruel de todas

Sofía era la única hermana de Amanda. Era única en su especie. Tocaba chelo como una diosa, vivía la Antropología en éxtasis y los idiomas eran adornos que terminaban de coronar su digna aureola. Sus ojos eran ojos sabios, de lechuza, como los de Atenea, escrutadores pero tranquilos, aniquilantes cuando le daba la gana. Demasiado intensos, pesados, inquietos a la vez que hechiceros. Era una hechicera, una reina del romance y la locura.

"¿Cuántos hombres y mujeres cayeron a tus pies? ¿Cuántas estuvieron al pie de tu cama tan solo para verte dormir? Demasiado en una sola persona. Tantos querían estar a tu lado porque eras un libro abierto, complicado, pero abierto. Siempre y por siempre serás una diosa con corona de hielo", le había escrito uno de sus enamorados más desesperados.

Su escritura, en especial sus poemas, desde el inicio me parecieron los más hermosos. Decían que escribía como japonesa, decía mucho con muy poco. Su niñez fue algo confusa, no solía hablar mucho, pero poco a poco despertó y como lo haría un pájaro hundido en petróleo, comenzó a despegar las alas, y con algo de ayuda, voló, pero nunca más se dejó atrapar.

Un ave rompe la penumbra...

Era lunes. Nuestra Sofía había sufrido esa mañana la pesadilla de muchas chicas universitarias que suelen tomar bus casi siempre, pero que cuando se les hace tarde toman taxis.

Esa mañana se levantó animosa. Vistió una camisa amarilla muy interesante y un jeans oscuro ajustado al cuerpo, con su cabellera de atrida al viento y su locura desbordando libertad.

¡Desprendimiento! ¿Alguien podría atarla?

Ambas hermanas tenían clases, solo que Amanda debía ir en la tarde y Sofía debía estar antes de las nueve de la mañana en la universidad. Como Sofía tenía examen, decidió irse de inmediato en taxi hasta la U, era más caro, pero ya eran casi las ocho de la mañana y se sentía débil de tanto trasnochar por estudiar. Llamó al taxi y se fue. Amanda siguió su día.

En la noche, cuando se juntaron en Heredia para volver a casa, Sofía le contó la gran pena que había pasado.

Resultó que tomó el taxi, el chofer ya de por sí era de aspecto algo extraño, pero fue muy amable y decidió tomar un atajo para llevarla más rápido a la universidad. Resultó que él manejaba muy de prisa. En una curva un carro se quiso meter a la fuerza en su carril, él avanzó para evitarlo, pero el carro blanco impactó contra el taxi. El taxista se detuvo y Sofía pensó: "¡No puede ser!". ¿Qué debía hacer? ¿Bajarse y buscar otro taxi? ¿Pero allí? ¡En medio de la nada!

No sabía bien ni dónde estaba ni hacia dónde ir. Con todo el peligro que anunciaban en las noticias prefirió permanecer en el taxi. Vio al chofer discutir con el hombre del carro blanco que, por cierto, era muy joven. Pasaron varios minutos. Por fin el chofer del taxi volvió a su asiento. Resultó que el chico no tenía licencia, el taxista quiso "ayudarlo", y para no llamar a la policía de tránsito le pidió dinero en efectivo para el arreglo del daño que había provocado. Llevó a Sofía por una calle que no quedaba lejos del lugar en donde había ocurrido el choque, el chico vivía cerca de allí. El taxista y el muchacho entraron en una casa verde. A Sofía no le quedó más remedio que esperar de nuevo. El tiempo corría, pero ella hizo lo mejor que se puede hacer en estos casos, resignarse.

De pronto comenzaron a llegar carros de todas partes, uno tras otro, se bajaba gente y más gente que entraba a la casa. Sofía estaba desconcertada. Luego de un rato el taxista regresó con treinta mil colones que mostró a Sofía con satisfacción. Sofía dedujo que los carros que habían llegado eran de los amigos del chico, a los que acudió para reunir los treinta mil colones que le pedían. Debieron de ser todos realmente muy jóvenes, aún estudiantes sin muchos recursos o sin trabajo, porque entre tantos reunieron una cantidad de dinero que una persona de clase media hubiera dado de tajo, no sin cierto dolor, pero sí de tajo.

Por fin Sofi llegó a la U e hizo un excelente examen, lo cual compensó su mal día.

Sofía era una chica muy curiosa. A pesar de sus crisis e inestabilidades, de los cambios y las presiones a que estaba sometida, siempre fue favorecida con inteligencia de sobra, mucha lógica y una memoria predilecta. Las cosas fluían hacia ella, y lo más importante, tenía una inquebrantable fuerza de voluntad que la arrastraba hacia adelante, pasara lo que pasara. Contrario a Amanda que, en medio de las crisis se paralizaba.

En eso consistía el don de Sofi, en no darse por enterada de la dificultad, ignorarla adrede pese a que ardiera, luchar pese a estar al límite.

¡Hermosa naturaleza!

Amanda y Sofía rieron durante todo el camino a casa, pero más tarde, cuando Amanda se fue a dormir pensó en que aquel accidente del taxi pudo haber sido realmente serio. Ella tal vez no hubiera sentido nada, ni un dolor pasajero en el alma, ni un ligero presentimiento, no hubiera sabido del trágico accidente hasta horas después, o quizás en la noche.

O tal vez, no fue casualidad el dolor de estómago que acudió de manera repentina después de desayunar.

***

Carta de Amanda

Madre:

¿Cómo explicarle lo que siento?

Hay una diferencia entre usted y yo. Hay muchas diferencias, pero esta contrasta demasiado.

A usted nunca le costó ubicarse en su vida. No sé si era que nunca soñaba, o que era muy centrada. La vida la ha llevado por "buen" camino, al igual que sus decisiones, que no la han hecho estrellarse mucho, al parecer.

Creo que usted me juzga apresuradamente, que hace sus juicios siempre a priori, nunca se sienta conmigo y al menos intenta comprender cómo funciona mi mundo. Yo no entiendo el suyo, estoy incluso tratando de entender su incomprensión. Tal vez usted ni siquiera comprenda de lo que le hablo, pero realmente la necesito ahora. La necesito de muchas formas, no como una autoridad, sino como una consejera.

Creo que nos peleamos mucho porque somos muy parecidas. A veces me sorprendo a mí misma protagonizando muchas actitudes que yo le recrimino casi siempre. Así que también trataré de ser una mejor persona.

La amo mucho. Y usted lo sabe.

Amanda L.J.

***

Reencuentro con el arte

I

Hay una espina en el corazón de los forajidos, la de regresar al hogar. Peor aún, forajidos o no, todos los que abandonaron algo sin tener plena convicción, siguen siendo lastimados por esas estacas. Mas con el tiempo aprendemos que no se puede tener todo en la vida, siempre hay que renunciar a algo.

Olivia extrañaba con fuerza el violín, trataba de evitar toda conversación referente a su abandono hacía ocho años ya. Así que un día sorprendió a Amanda cuando anunció que su antiguo violín se encontraba en reparación donde el lutier. Pero el lutier siempre tenía una excusa para postergar la entrega, pasaron las semanas, los meses y el violín no aparecía. El lutier se ocultaba, no contestaba llamadas. Le dejó mensajes de voz, sin embargo, nunca le regresaron las llamadas.

Un día apareció de la nada, entregó el violín, cobró y se fue tal y como vino.

¡Cuán grande fue la sorpresa de Amanda al encontrar el violín sobre el baúl de Olivia! Trató de disimular su curiosidad, mirando solamente de reojo. Allí estaba, el viejo amigo de la adolescencia. ¡Cómo olvidarlo! Por fin, Olivia rompió el hielo y el protagonista de la conversación fue el violín.

Amanda también había estudiado violín un par de años, cuando era niña, aunque no avanzó mucho, casi nada, pero sí sabía de memoria la elemental "Estrellita" que todos los principiantes en el violín aprendían en el Conservatorio de Arte.

La comenzó a tocar y Olivia rio al escucharla. Luego le pidió a Olivia que tocara algo también, pero Olivia se negó de lleno con la excusa de que ya no recordaba nada. Era absurdo. ¿Cómo era posible que una persona que había pasado obsesionada más de diez años de su vida tocando todo el día y estudiando hasta la locura no recordara nada? Eso sí que era inconcebible, porque Fabrizio se la pasó tocando violín desde los siete años, más bien desde los seis, en adelante. Estudiaba día y noche. En los recreos de las clases y en casa. La gente ya no diferenciaba a Fabrizio del violín. Si se pensaba en uno era imposible no relacionarlo con el otro. Violín-Fabrizio. Fabrizio-violín. Y así pasaron los años. Para ser exactos once años, hasta el día de su recital de graduación en diciembre del 2005, cuando el acompañante al piano lo hizo pedazos. Olivia recordaba al pianista borracho en el camerino, y cómo lo perseguía por todo el teatro, rogándole que por favor le acompañara al escenario, que ya casi era su turno. Una vez allí, bajo el cenital, su mente borró todo recuerdo, no se acordaba de nada excepto que había acabado a destiempo y hubo un extraño silencio. Luego los aplausos y la confusión de la gente, los rostros evidentemente decepcionados en la penumbra. Oscuridad. Ese día se divorció del violín. Punto.

La tarde en que Amanda le dijo a Olivia que tocara, ella simplemente no lo hizo. De nada serviría insistir, Amanda no se lo pidió de nuevo y pensó: "¿Habrá tocado el violín cuando nadie la observa? ¿O no se habrá atrevido?".

Hubo algo que la molestó en esa situación. Tal vez fue que no comprendía cómo Olivia se negaba a tocar frente a ella como si en vez de su amiga, se tratara de una jueza desalmada. Después de todo, desde que tenían razón ambas habían expuesto sus almas hasta lo indecible, aún así, ella se negó a tocar. La embargó un sentimiento parecido al odio, pero lo dejó allí. ¿Por qué aquello le molestaba tanto? ¿Qué había detrás de tanto enojo?

Más tarde Amanda se encontró con su hermana y se fueron a cenar. Sofía estaba sufriendo un divorcio similar al que había sufrido Olivia. Con su chelo.

Luego de haber recorrido muchos instrumentos desde su niñez conoció al chelo, y todo cambió. Se convirtió en el emisario de su estado de ánimo, su vocero, todas sus experiencias brotaban a través de la madera, mientras vibraba. Al principio todos pensaban que sería cuestión de tiempo para que lo dejara, pero el chelo vino para quedarse. La primera vez que le enseñaron el vibrato su mano se balanceó como hipnotizada, el profesor no podía creer cómo una mano ya sabía vibrar sin haberlo hecho nunca.

Mirando en retrospectiva, aunque al principio del aprendizaje el ruido del chelo era molesto y todos en la casa sufrían al escucharlo, poco a poco se convirtió en música. Muchas veces Amanda le gritó de desesperación porque no soportaba oír al chelo sonar y sonar y sonar. Al principio era novedad, luego apenas soportable.

Sofía se fue de casa, con su chelo. Luego de algunos meses por fin la hicieron regresar, nadie se volvió a quejar del chelo y Amanda y Sofía comenzaron a componer canciones juntas. Amanda tocaba la guitarra y acompañaba al chelo. Fueron tiempos hermosos. Tocaban siempre. Sofía, cada vez más se volvía una creadora, un ángel que repartía belleza musical y complejidad. Tocaba y elevaba todo, vibraba, sus sutiles balanceos junto al chelo les convertían en un mismo instrumento vivo. ¿Hablaban? ¿Se entrelazaban? Nadie lo sabe. Era una comunicación máxima.

Amanda nunca olvidó una imagen hermosa. Ocurrió en la época en que Sofía se fue de la casa y la había ido a visitar. Era de noche, no podía dormir. Se levantó y fue al cuarto de Sofía. La puerta estaba sin llave, la abrió sin hacer ruido tal como su madre le había enseñado de niña. Observó a Sofi dormida en el suelo sobre una colchoneta, junto a ella estaba el chelo en su estuche. Una enorme masa oscura. Parecía que también dormía. Imaginó a Sofi en un país extraño, en una azotea de mala muerte, sobre un catre. Se dio cuenta de que mientras Sofi tuviera al chelo, todo estaría bien.

Pasaron los años y Sofía comenzó a estudiar Antropología.

Fue muy duro, pero un día Sofía tuvo que tomar una decisión. O el chelo o la libertad. Liberación de una academia universitaria que hacía esclavos en vez de músicos, en donde los gritos y para colmo el acoso sexual estaban a la orden del día. Eligió la libertad, pero aceptando muchos dolores que solo aquellos que se han hallado en una situación similar comprenderían.

Ella comenzó una nueva vida, no sin antes sentar en un sillón a su mamá, a su papá y a Amanda, para comunicarles su decisión. Ninguno quiso decirlo, pero en esos momentos a ellos les era muy doloroso. Luego para Sofi vino el tiempo de duelo, quedan restos incluso aún hoy.

Sin embargo, ella gozaba de una certeza que ni Amanda ni Olivia tenían. Sofía vivía un divorcio por diferencias irreconciliables, Amanda y Olivia vivían en un perpetuo proceso de separación en donde no habían estampado su firma, en las hojas de divorcio, todavía.

II

Desde hacía muchísimos años había comenzado la migración de chinos a Costa Rica. En pleno siglo XIX, grupos fueron traídos para suplir la mano de obra que hacía falta en la agricultura, eso decían quienes les "importaban" desde China por mar. Sin embargo, una gran parte de esas personas en realidad fue llevada directo al ferrocarril a trabajar. De modo que, por eso y mucho más, los chinos también son parte importante de la historia de Costa Rica, pese a que no se suele hablar mucho de eso.

En esa época, a Amanda le interesó conocer un poco de la historia de Costa Rica con respecto a los chinos. Más aún cuando los restaurantes de chinos estaban por todas partes con nombres ostentosos tales como: León de Oriente, Ramo Dorado, ese tipo de nombres.

Solía haber muchos, pero muchos restaurantes chinos, administrados por chinos, en los que ahora algunos costarricenses trabajaban como saloneros y eso era curioso para gran parte de la gente en aquella época, les causaba recelo. Al menos, Amanda leía eso en los rostros e inclusive, en su propia forma de reaccionar.

Para Amanda, en el año 2010 comenzó a notarse una marcada diferencia en cuanto al aumento de personas chinas en el país, no sabía si era una ilusión óptica o si realmente algo pasaba. Lo cierto es que Amanda comenzó a ver chinos por todas partes. En cierta forma Amanda se sintió invadida, experimentó temores que no había vivido antes, incluso llegó a pensar que no quería a más extranjeros en su país. No comprendía por qué sentía lo que sentía.

En ese tiempo, ella no se hacía preguntas profundas acerca de política, de la otretad, todavía no se cuestionaba muchas cosas.

¿No eran los padres de Amanda también inmigrantes? ¿Ella misma, pese a haber nacido en Costa Rica, no podría ser considerada una "no pura" por los más fanáticos? ¿Cómo es posible que haber nacido en X o Y país determine tanto nuestros destinos?

Gran cantidad de teorías flotaban en el aire, unos decían que como había tantos chinos en China los gobiernos les daban facilidades para que vinieran a Costa Rica a poner sus negocios. Otros, hablaban de la mafia, que estaba metida en el negocio de los pasaportes con el gobierno. La gente hablaba y hablaba, pero al final, nadie sabía nada.

Un lunes Amanda venía muy cansada de la universidad y entró en un restaurante chino del centro de San José para comerse algo ligero, pero una vez que traspasó la puerta quedó petrificada. Casi todas las mesas que la rodeaban estaban ocupadas por familias chinas, parejas chinas, gente de negocios china, solitarios chinos, serios chinos, sonrientes chinos. Era la única no china allí, sintió temor. Se marchó y le tomó muchos meses regresar a ese lugar. "Me sentí extranjera en mi propio país", pensó Amanda esa noche en su habitación. Eso nunca lo había vivido. Estaba desconcertada. De nuevo, era algo en lo que debía meditar.

Por otra parte, admiraba cómo los chinos en donde quiera que estuvieran buscaban organizar sus propias sociedades, convivir. Había cierta hermandad que Amanda admiraba y hasta deseaba, una que no sentía con casi nadie más allá de su familia. En cierta forma, les tenía envidia.

¿Quién no había comido alguna vez comida china? Todos sabían que en China en realidad no la hacían igual pero a la gente le encantaba el arroz con camarones, la salsa rosada de las ensaladas, el Chow mein, el cantonés que entre más grasa, sabía mejor.

Existían muchos rumores esparcidos por lenguas perversas, que decían que la carne era de gato, que de perro, otros decían que había trampas de palomas y pájaros en los techos que luego utilizaban en el arroz. Lo cierto es que dijeran lo que dijeran, fuera cual fuera la cara de horror que hicieran quienes se enteraban de esos rumores, siempre volvían al mismo restaurante, a comer comida china.

En esa época la comida china era la más exitosa de Costa Rica, por barata, por grasosa, y por rica. Aunque a algunos les disgustaba de veras, no hacían la gran diferencia ante el mar de fanáticos que tenía y pagaban por ésta.

Una vez hubo una crisis "grave" en los restaurantes chinos, Amanda la presenció.

Enviaron a un noticiero sensacionalista un video que mostraba una cocina llena de ratones en un restaurante chino de San José centro. La gente se alarmó, vieron el video una y otra vez en la televisión, pusieron el grito al cielo y por unos días los restaurantes chinos del Centro de San José fueron menos frecuentados.

Olivia y Amanda cenaron en uno de esos restaurantes en esos días, según ellas para correr algún riesgo juntas. Para su sorpresa, el restaurante de su elección no estaba medio vacío, como era usual, sino que estaba lleno, repleto, no de costarricenses, sino de chinos. Asombradas, observaron cómo la experiencia se replicaba en otros restaurantes también. En momentos de crisis los chinos se solidarizaron unos con otros y salieron a comer fuera para evitar que los restaurantes de sus paisanos perdieran dinero.

Aquello, Amanda nunca lo olvidó. Años después, en sus clases de Historia, le contaría esto a su profesor de la universidad.

Amanda y Sofía cenaban en restaurantes chinos frecuentemente en aquella época. Pedían arroz con camarones casi siempre.

Creo que muchos estudiantes de la época le deben a los restaurantes chinos la posibilidad de almorzar en épocas de escasez de dinero, pues en ese tiempo, era lo más accesible, ya no. Con el tiempo los precios aumentaron con el tiempo, y a finales del 2017, el último período al que se refiere este escrito, en San José, ya esos restaurantes no se consideraban los más baratos.

Había un restaurante en particular que Sofía y Amanda frecuentaban, quedaba cerca del Cine Magaly, por Barrio La California, cerca de la estación del ferrocarril.

Solían comer algo ligero y admirar los cuadros que pintaba al parecer el dueño del lugar. La mayoría de mujeres estaban tocando chelo.

Esa tarde, Sofía rompió en llanto frente al arroz con camarones que pronto se iba a comer.

Tras el divorcio de Sofía, ambas decidieron no volver nunca más allí, por un acuerdo no verbal.

✳✳✳

Carta de Amanda desconsolada

Hola, espero que estés muy bien.

No quería molestarte con esta retahíla, sin embargo, fuiste tú el que me dijo que nos íbamos a hablar por Skype, y pues, nunca me buscaste. Lo que me lleva a pensar, mi instinto también lo grita, que volviste con ella de alguna forma, ya sea de palabra, de hecho, o bien, tu mente se inclina hacia esa dirección. De no ser así ya habrías hecho algo para contactarte conmigo.

Lo acepto y creo que es lo mejor, las cosas suceden por alguna razón aunque ahora no lo comprenda. Pero para serte sincera, no quiero vivir llena de incertidumbre y duelo. De modo que, lo único que te pido es que me devuelvas la computadora, la necesito para estudiar esta semana. Por favor, te ruego que me la entregues pronto. Sofía u Olivia, o ambas, o no lo sé, la recogerán por mí, de modo que avísame qué días te quedan bien para que la entregues en el Outlet mall, un punto neutral para todos.

Cuídate mucho, y mucha suerte en este cuatri. Espero que hayas pasado todas las materias.

Amanda L.J.
2 de noviembre de 2013
***

Última carta

No ando con nadie. Y sí me conecté todos los días a Skype. Supe que hablaste con mi madre hace unos meses. ¡¡¡Te pasaste con lo que le dijiste!!!

Ricardo M.
2 de noviembre de 2013
***

Todos los peces caben en el mar

Amanda había pasado ya esa misma angustia antes, pero todas habían sido falsas alarmas. Esta vez la prueba de embarazo dio positivo, se lo comunicó a su novio, Amanda no quería un hijo.

Ella había comentado con Sofía tiempo antes, medio en broma, medio en serio, que no quería tener hijos nunca, Sofí decía que tampoco quería, pero que si algún día sucedía sería niña. Si nacía varón tal vez no lo criarían. Cuando se lo comentaron a su madre, ella se angustió con esa idea porque amaba a los bebés sobre todas las cosas. Amanda pensaba que el amor por los bebés de su madre era muy grande. Aparentemente su madre y su tía eran del mismo parecer. Amanda quería comprender de dónde nacía el amor desinteresado que su madre sentía por los bebés. De hecho, no había un bebé que al verla se le tirara a los brazos, o si lloraba, simplemente se calmaba estando junto a ella.

Lo cierto es que Amanda y Sofía fueron afortunadas, tuvieron a una madre a la que le encantaban los bebés.

Amanda no le habló a nadie más del embarazo. Solo lo sabía Olivia, su novio sureño y ella misma. Por desgracia las náuseas no se hicieron esperar, luego el sueño. Gracias a la diosa de la fortuna estaba en vacaciones pero le quedaba poco tiempo para entrar a clases. Estaba en semana cinco de embarazo, el mínimo de tiempo en que le dijeron que era más "seguro" abortar y estaba en el límite de ese plazo.

Primero debía ir al médico, hacerse un ultrasonido para saber la semana exacta en que se encontraba. Fue con su novio, fue lo más desagradable del mundo. Además, debía fingir felicidad frente al personal de salud. El doctor era un desgraciado. No le habló en ningún momento, solo le dictó a la secretaria lo que veía en su vientre. Había un embrión. Más bien parecía un cúmulo de algo que venía de otro planeta. ¿En qué momento aquello la habitó?

Una vez que salió de allí se fue con su novio a un motel a hacer el amor sin protección. ¿Qué más podía pasar? Observaron las fotos del ultrasonido, era desagradable mirarlas.

Tenía tres semanas. El aborto se haría en la semana cinco.

Un aborto ilegal es complicado y sencillo a la vez. Sencillo si todo sale bien. Lo difícil es no poder hablar abiertamente con nadie.

Como se acercaba el día, Amanda pasaba las noches en vela. La tranquilizaba el hecho de saber que todo iba en marcha, pronto acabaría. Al mismo tiempo se cuestionaba lo extraño de la vida. ¿Cómo dentro de sí había algo desconocido gestándose contra su voluntad? Había un sentimiento extraño, algo intangible que la hacía sentirse diferente. Por primera vez no se sintió tan sola. Miró el techo, y comprendió que efectivamente no estaba sola.

En el día pasaba durmiendo, siempre con sueño, un sueño exagerado que nunca antes había sentido. Comer sin sentir náuseas era lo único que parecía importarle. Mientras tanto, intentó seguir con su vida, yendo a la universidad, ocultando su desesperación cuando ahora su existencia parecía girar en torno a combatir el cansancio e intentar comer. Tratar de no dormir era una tarea titánica, los párpados se le cerraban todo el tiempo. Después de todo, comenzar a formar a un ser humano no es tarea fácil.

No lo es, y nunca lo será.

***

SEGUNDA PARTE
(2014-2017)

"El talento es la potencia;
el trabajo es el acto"

Elisa Argueta

Helado

Caminaba, caminaba y caminaba, no importaba si no iba a ninguna parte, todo le parecía hermoso. El cielo turbio, su corazón latiente que movía su sangre viva, como una máquina. Quiso llorar de felicidad, y seguir andando.

El verano humedecía su rostro como prodigando amor en tiempos de crisis, el sudor corría por su cuerpo a montones, lo sentía caer con alegría. En sus axilas se marcaba el húmedo calor de su venganza, de la sangre hecha remolinos, ya no importaba nada porque estaba feliz.

¡Vida! Hoy soy feliz, mañana no importa, así que por hoy, tú, incertidumbre, te puedes ir a dormir y dejarme en paz.

Caminó muchos kilómetros, pensativa, llena de ensoñaciones que venían a su mente a coronarla de cálidos pensamientos. El sol se estaba cayendo poco a poco del cielo, se negaba a marcharse porque sabía que alguien en la tierra no le podía dejar de cantar. Amanda por fin sentía cómo toda su vida cobraba sentido. ¿Cuándo fue la última vez que se sintió así? Ni ella lo sabía.

Compró muchos chocolates en una tiendita de la esquina, bombones rellenos de fresa y caramelo, llegó a casa de Olivia radiante y riendo.

Olivia también estaba sonriente, muy orgullosa de su fulgor, tenía un rubor encantador en las mejillas y lo sabía.

Por fin había dejado su tenebroso apartamento, ahora vivía en una casa con un hermoso patio trasero, y uno delantero. ¡Mucha suerte! Sus padres, quizás sintiéndose un poco culpables, se habían decidido a rentarle aquella estancia, que era la parte trasera de la oficina de un amigo de la familia que en su bóveda guardaba los celulares que importaba.

Hacía tres meses Olivia había dejado en casa de una sastre

unas telas muy hermosas con el fin de que le confeccionara tres trajes para ir a trabajar, quería comenzar a ganarse la vida por sí misma. Aquellas intenciones solo habían estado en su cabeza hasta el día en que visitó una feria de empleo y aplicó para un trabajo. La habían llamado para una entrevista el mismo día, por lo que tuvo un brote de alegría y ahora sí necesitaba los trajes cuanto antes.

La sastre había desaparecido. Luego de Olivia saturarle el buzón con mensajes de voz y llamarla muchas veces, por fin la sastre la llamó de vuelta. Tenía una excusa pobre, después de todo es casi imposible justificar tres meses de atraso, contando a partir del día en que se le fueron a dejar las telas. Prometió tener los tres trajes pronto y desapareció de nuevo. Poco después apareció como si nada en la puerta de Olivia, entregó los trajes, cobró y se marchó tal como había venido.

Lo importante era que los trajes estaban en sus manos, se le veían preciosos y de seguro le darían ese impulso que necesitaba para conseguir ese ansiado trabajo que tanta falta le hacía. Si todo salía bien, ella podría terminar sus estudios y pagar de su bolsillo el resto de mensualidades que le hacían falta para acabar la universidad, no tendría que darle cuentas a nadie de sus avances o atrasos con el plan de estudios. Además, también podría comprar zapatos, ropa y esas cosas que una vez llamó superficiales, pero que en cierta forma ahora eran una pequeña aspiración. Por otra parte, recibir dinero de sus padres en los términos en que se encontraban le parecía humillante, especialmente cuando ellos eran los únicos que seguían negándose a decirle Olivia, en vez de Fabrizio.

A las tres treinta ambas amigas se sentaron en la sala, en los cómodos sillones negros, con una vista maravillosa al verde del patio interno y comenzó la charla. Desdémona estaba en un rincón, se acercó muy despacio para luego enrollarse a los pies de su ama.

Amanda, ahora meditaba, siempre luego de un periodo de intensidad ella meditaba:

—Mi mundo está cambiando. Nuestro mundo está cambiando.

—Lo sé querida —dijo Olivia que intuía de antemano lo que su amiga sentía—, todo está cambiando Es la única certeza que tenemos.

—No sé tú pero yo tuve la certeza de que todo estaba cambiando el día en que cercaron el parque de juegos de mi niñez el parque de Berta Eugenia. Se cerró un capítulo. Ya no es lo mismo ni lo será, probablemente un día olvide del todo cómo se veía ese lugar antes de que pusieran la cerca y solo me quede esa sensación de ligera angustia que a veces percibía en el tono de mis abuelos cuando hablaban de algún recuerdo de su pasado.

Amanda había olvidado algunas cosas, o comenzaba a olvidarlas. Por ejemplo, su primer perro. Aún recordaba sus manchas, Pelly tenía las cejas amarillas, era fuerte y tenía patas gruesas, junto a él se sentía segura. Pero ya no recordaba su mirada y así sucedía con otras cosas de su pasado. Sus primeros amigos y amigas ahora eran manchas, la caricia de su abuela materna, ¿acaso su piel la recordaba?, o la voz de de su abuelo paterno, todo era monigotes de cera que se derretían al calor de la imaginación.

—Era un espacio grande y verde. Había muchos árboles. Ahora parece una cárcel de malla y metal.

—Todo ha cambiado —expresó Olivia—, tal vez nosotras deberíamos hacerlo antes de que la vida nos tome desprevenidas.

—No lo creo. ¿Sabes Olivia? He estado pensando mucho últimamente, también esta mañana.

—Dime querida.

—Crecí presenciando esto desde pequeña: cuando alguien moría, se alquilaba un coche fúnebre y detrás de éste caminaban familiares y conocidos del difunto quienes acompañaban el carro hasta el cementerio. Antes no era típico ver presas de autos en Heredia, y cuando había una ya se sabía que se trataba de un entierro y se solía esperar a que se disipara el cortejo fúnebre. Con el tiempo las personas cabiaron, ahora solo caminaban el último tramo tras el coche fúnebre, no desde la iglesia, sino que la gente aguardaba cien metros antes de llegar al cementerio. Así todo fue cambiando. Aún así, todavía hay personas que de vez en cuando marchan detrás de sus muertos desde la iglesia. Si ocurre en el centro de Heredia hay caos porque atrasa el tránsito y la gente se desespera, pita. Un día de estos me sorprendí a mí misma diciendo que cómo se les ocurría hacer eso en estos tiempos. Me asusté.

—Sí. Hace poco mi padre y yo nos quedamos atrapados en una fila así. Llegamos tarde a casa —Olivia rio.

—Olivia, hay cosas que no me gustan, o más bien no me duelen. Hay tradiciones que no me molesta olvidar, pero no sé por qué eso del funeral me incomoda.

—Querida, el mundo no se detiene por nadie ni por nosotras, es una desgracia, pero estamos ya subidas en él.

—Hoy anunciaron en los periódicos que los puertos de todo el país trabajarán de ahora en adelante todos los días del año, sean feriados o no, estarán siempre abiertos recibiendo barcos. Existe esa idea de que debemos ser eficientes para ser competitivos, estamos entrando en un ritmo que antes no conocíamos.

Ambas amigas permanecieron en silencio.

—Al parecer —agregó—, harán una celebración para festejar el primer feriado en que se va a trabajar. ¿Qué demonios van a celebrar?

Ambas rieron y se miraron. Olivia abrazó a la gata, le dio un beso en la nariz y le dijo: "¡Preciosa!", luego continuó:

—Sí querida, todo esto responde a un mundo muy acelerado

para mí, desgraciadamente me adapto a los cambios demasiado lento. En mi caso yo no puedo ver solo el blanco o el negro. Yo necesito también un rosado en la paleta de colores, también un verde oliva, ¿por qué no?

—Pero lo que me asusta es que tanto correr no lleva a ninguna parte, correr tanto para nada. Correr para alimentar a un monstruo enorme que se potencia a sí mismo con o sin nuestra existencia y que terminará succionando también nuestra vida.

—Sí Amanda, lo sé, también lo he pensado. No sé qué podría decirte, así que prefiero reír.

Y rio. Rieron porque cuando estaban tristes reían, cuando estaban felices lo hacían también. Se puede reír mientras se llora.

Ambas salieron a dar una vuelta. La tarde todavía era hermosa, cálida, había un olorcillo dulce a helado de fresa. El sol era una naranja de exportación enorme. El viento ya no se quejaba, parecía que se había retirado de la tierra. Hasta la gente parecía moverse con cautela para no incomodarlas.

Se sentaron frente al Teatro Nacional a esperar la noche y observar las palomas a sus pies ir y venir entre cortejos y rechazos. A lo lejos una paloma sin una pata luchaba por sacar un grano de maíz que algún niño travieso tiró entre los barrotes de una alcantarilla y que apenas se sostenía en la pequeña abertura. Había una nube gris acechando en el cielo como cazando lluvia.

—Mírala Olivia, ¿irá a llover?
—No creo, los pájaros están muy tranquilos.
—Una vez yo estaba aquí y vino un señor, comenzó a contarme la historia del Teatro Nacional. Me dijo que la parte inferior está hecha de granito y la de arriba de piedra caliza. ¿Será cierto?
—No sé. Pero tiene sentido.

La noche cayó perezosa, las luces del teatro se encendieron una tras otra. Los extranjeros se tomaban fotos y sonreían.

—Amanda, una vez cuando pasaba por aquí me pasó algo curioso. ¿Alguna vez te conté lo de Madame Bonnet? Me parece que sí.

—No. Nunca. Cuéntame.

—Fue allí, frente a la puerta del teatro. Un poco más allá. Yo venía de correr, muy apresurada. Ese día curiosamente me sentía muy segura de mí misma.

—Sí Olivia, es genial sentirse así.

—Caminaba muy segura e iba rápido, pero al pasar junto a esas puertas se me adelantó una mujer muy elegante. Unos chicos que estaban detenidos delante de mí la comenzaron a molestar, entonces supe que era trans. Quise alcanzarla, a fuerza debía pasar junto a los chicos. Me armé de valor y me atreví, esperaba una lluvia de ofensas.

Amanda bien sabía que su amiga debía armarse de valor cada día para salir a la calle.

Olivia continuó como si lo estuviera viendo en ese mismo instante:

—Cuando me tocó pasar junto a ellos, uno que hablaba por un celular me miró como impactado, con voz temblorosa y emocionada le dijo a su interlocutor: "Espera, ahora te llamo, estoy viendo pasar al amor de mi vida". Yo seguí caminando. Mi Yo inseguro dijo: "¡No, es una broma!", mientras mi Yo audaz expresó: "¿Y si no?" Seguí caminando, sentía una mirada potente sobre mí, no era de odio ni de prejuicio, era más bien avasalladora. Miré hacia atrás, allí estaba él, totalmente inmóvil. Como adorándome.

—Esas cosas pasan. ¡Que increíbles son! ¿Y la trans?

—La perseguí. Le dije que era triste que los hombres que se dicen "duros" e incluso algunos hombres gay del medio la ultrajaran a una de esa forma, como acababa de ocurrir. Ella no estaba alterada, era como si nada hubiera pasado, pero me dijo que yo tenía razón.

—¿Eso sucedió de noche?

—Sí, a eso de las siete. La historia de ella era muy curiosa. Resulta que se hacía llamar Madame Bonnet. Había vivido su juventud en España. Nació aquí, pero tuvo que salir de casa a los diecisiete porque sus padres no soportaron la idea de tener un hijo trans. Se fue a España y se encontró con una amiga de su madre, dueña de un salón de belleza que le dio trabajo. También comenzó a cantar de noche en los bares de la ciudad. Debió sostener dos turnos de trabajo al principio. En el día era un hombre que cortaba cabello en un salón, en la noche se transformaba en confeti, colores, brillos, fiesta. El show se hizo muy popular, por lo que creó un personaje: Madame Bonet. Y así me la encontré yo. Fue muy amable, me dio su número de teléfono.

—¿La llamaste?

—No querida. Aunque aún conservo su teléfono.

—¿Vive aquí?

—No, estaba por regresar a España. Antes de despedirnos me dijo: "Adiós mi amor" y se alejó moviendo las caderas, al son de sus zapatos tacón número doce.

Ambas miraban el lugar por el que una tal Madame Bonet había pasado alguna vez, parecían estarla viendo caminar a paso firme.

Un aire de invierno las atravesó.

—A veces pienso —dijo Amanda—, que entiendo.

—¿Qué cosa querida?

—Por qué las personas mayores se quedan horas mirando la pared.

—¡Ah sí!

—Llegará un día en que ya no veamos hacia adelante, sino

hacia atrás.

—Ja ja, Amanda, a veces yo ya me sorprendo sonriendo de la nada, recordando.

Ambas rieron. Bien sabían que era cierto. Dos jóvenes ancianas. Tal vez una vez ancianas serían jóvenes de nuevo. ¿Quién sabe?

—Olivia, es más que eso. Cuando camino me doy cuenta de que cada lugar me recuerda algo de forma intensa. Creo que siento demasiado. He pasado por tantos rincones. Allá un momento fugaz como la brisa, del otro lado una pelea o un encuentro. Una banca, o hasta el mismo cielo. Todo cuenta un testimonio a la memoria. Bien podría perderme un día de estos, reviviendo. ¿Por qué soy tan triste?

—No todo es triste —dijo muy suavemente Olivia. Mientras tanto se apartaba el mechón de cabello que el viento le desordenaba y no la dejaba mirar bien.

—Hay algo que yo no te he dicho, y quiero hacerlo.

—Dime Amanda.

—Cuando ya sabes quién acabó la relación, no podía ni pronunciar su nombre. Ahora lo digo. ¡Marino!

—A veces me siento culpable —dijo Olivia muy quedamente, pero firme—, no debí alentarte a que tuvieras esa relación, si es que se le puede llamar relación a eso.

—Por mucho tiempo evité pasar por aquí. Evité tantas cosas. Sabes, tenía una fantasía, de que un día yo estaría en la plaza y lo vería venir a lo lejos, todo vestido de negro. Y una vez que lo tuviera de frente yo estaría bien.

—Amanda, ¡qué cosas locas!

—Ayer lo vi. Estaba sentada en una banca y lo vi venir. Estaba a unos cuantos metros, se acercaba. Él iba de negro, totalmente de negro, escuchaba música con los audífonos de siempre. Yo también iba de negro, tenía puesta mi gabardina oscura. El cielo estaba despejado, miré las estrellas, parecía que se habían unido para ser más fuertes que el Sol.

—¿Tuviste miedo?

—No. Caminé directamente hacia él. Hablamos. No recuerdo de qué, no tenía importancia. Una vez en un café, cuando estábamos saliendo apenas, él me habló de la mujer que amaba, me dijo que sabría que la había superado porque al tenerla de frente no sentiría ni odio ni dolor, sino nada. Es verdad lo que dicen. No sentí nada frente a él. Es tan irónico, ¡cuántos poemas le escribí sobre besos junto al teatro y las estrellas! Y allí estaba yo junto al mismo teatro, recuperada. Las cosas no salieron como pensé, cuando creí que el dolor sería inagotable. Luego le dije adiós, jamás pensé que sería yo quien se lo dijera y caminé en la dirección opuesta. Él no se dio cuenta pero yo llevaba una sonrisa, sentía paz. No volteé, no me interesó saber si él lo hizo.

Ambas miraron el cielo, caminaron bajo su amparo. Las personas cuando van por la ciudad casi nunca miran hacia arriba, esta vez ellas lo hicieron. ¡Cuánto habían cambiado los edificios! Muchos eran más altos y otros eran tan viejos como las madres de sus abuelas.

—¿Sabés Amanda?, si nunca lo hubieras conocido, todo sería muy diferente.

—Si volviera a nacer, no temería volver a vivir esta vida Olivia. Fue por él que entendí mucho del arte, conocí la pintura. Escribí mil poemas, pasé noches enteras escribiendo versos, viviendo febrilmente mi locura. Cuando consiguió el trabajo en la radio, todas las tardes a las cuatro yo sintonizaba la frecuencia, para oír su voz. Soñaba, me iba muy lejos con él. Fui feliz. El resto, se lo dejo al destino.

La vida en su misericordia nos regala pasado, tenemos suerte si lo sobrevivimos. De alguna forma, reconocemos como intrínsecamente propio lo que hemos sido, y perder eso que hemos sido, pese al dolor, sería perdernos. En el fondo muchas de las elecciones del presente tienen allí su origen. Los eventos crudos siempre son difíciles, pero cuando por fin son recuerdos, un alivio penetra en el alma y se manifiesta de tantas formas que nos da la certeza de que estamos más vivas que nunca.

—Así es.

Eran ya las diez, se hacía tarde. Sin darse cuenta se habían alejado demasiado de la parte medianamente segura de la ciudad. Iban hacia el Sur.

Olivia percibió un movimiento a su derecha, entre unas cajas. Era una rata enorme que llevaba un pedazo de pan añejo entre las fauces. Amanda quiso alejarse pero Olivia la detuvo, señaló un rincón cerca de la oscuridad.

Había un hombre que vestía harapos, estaba tan inmóvil que parecía congelado. Tenía una barba larga, muy blanca, su ropa estaba sucia y sus pies llenos de costras. Tenía los ojos entreabiertos pero no parpadeaba, sus mejillas estaban de color carmín a causa del aire frío. Se cubría con las manos parte de la cara, como si quisiera ocultar una expresión.

A través de los dedos que tenía muy separados se veían sus ojillos entreabiertos.

—¿Estará muerto? —dijo Olivia y se acercó a inspeccionarlo.

Ambas se aceraron para tocarlo, el hombre gritó: "¡Buuuuuuu!"

Lo hizo de una manera tan estridente que ambas creyeron volverse locas del terror, parecía el chirrido de una rata y gritaron aterradas. Entonces, para su horror el hombre se puso de pie, ambas amigas se dispusieron a correr sin mirar atrás. El hombre las perseguía, seguían corriendo, segundos antes les había parecido un hombre entumido y ahora era realmente veloz. Unas cuadras después, casi sin poder respirar se detuvieron y miraron hacia atrás.

A lo lejos vieron al hombre muerto de risa, emitía unas carcajadas auténticas, tanto se reía que tenía que agarrarse la panza para soportar el calambre muscular .

Parecía Santa Claus.

***

Ironía

I

Mi nombre es Amanda Letizia Jen, tengo treinta años, llegar hasta aquí, como ven, no ha sido nada fácil. Antes de estudiar Historia, mi vida se encontraba truncada. Yo había bailado por la vida de un lado a otro. En pocos años había pasado de la Psicología al Derecho, del Derecho a la Medicina. Allí me encontraba, como siempre insatisfecha, miedosa, a punto de claudicar.

Un día me dirigía hacia mi clase de Anatomía cuando pasé por la Facultad de Historia, me sorprendí a mí misma llenando una solicitud de ingreso y una vez más abandoné la carrera que estaba estudiando para empezar de nuevo otra.

Para ser aceptada, además de otras pruebas, hice un ensayo. Lo entregué muy emocionada, sabiendo que había hecho un buen trabajo. Estaba orgullosa. Mi escritura era una de las pocas cosas en las que no había perdido la esperanza, porque luego de andar por el mundo, allá afuera, siempre regresaba a ella, como para darme cuentas a mí misma, para cosnolarme. Ya fuera un cuento lo que escribiera, un poema, un microrrelato o una pequeña novela, era como si mi conciencia necesitara de ese proceso para actualizarse y purgarse. Estaba orgullosa porque me recordaba que era un ser vivo, con pensamientos, alma, corazón.

Redacté el ensayo con esa alegría, esa emoción que solo la gente que emprende proyectos, o compite en deportes, podría entender. Estás en tu jaula, a punto de salir, aún no sales pero pronto saldrás. Esa emoción me embargaba al escribir e incluso, en la actualidad, me ha sucedido algunas veces cuando redacto para el periódico. Pienso, que en aquella lejana ocasión estaba feliz de poder escribir ese ensayo, porque hacía mucho tiempo que no escribía por estar estudiando para el curso de Anatomía.

En el colegio fui de las estudiantes que pese a la opinión general, prefería las preguntas de desarrollo o respuesta larga, a las de marcar con una X. La respuesta múltiple sí que me enseñó a ser más cuidadosa y, la modalidad de llenar espacios en blanco con la respuesta correcta, siempre me pareció de lo más temerario y contraproducente de las evaluaciones.

En fin, todo salió bien, comencé sin demora a estudiar Historia en la universidad, curiosamente acabé contra todo pronóstico el plan de estudios en el tiempo establecido. Estuve en poco tiempo en mi graduación que por cierto fue bastante aburrida.

Conseguir trabajo fue una tarea ardua, luego de cientos, y lo digo en serio, demasiados intentos infructíferos y alegrones de burro aquí y allá, por fin me contrataron como redactora en una revista de bienes raíces. La paga era regular y me quedaba cerca de casa.

Comencé como aprendiz de una mujer llamada Claudia, una editora muy lista y creativa de modo que a nadie le sorprendió que la ascendieran a editora en jefe. Cuando dejó su puesto, me recomendó personalmente para que me dieran tiempo completo. Años después, renuncié a la revista porque recibí una mejor oferta para trabajar como redactora en el periódico. Nunca olvidaré el primer artículo que escribí, era sobre una cabeza humana que había aparecido en un lote baldío de Alajuelita. Posteriormente vinieron más artículos y en unos años me convertí en editora, "la editora de cabezas", solía bromear con mi hermana.

La vida adulta no había resultado lo que imaginé de niña. Ni siquiera podría decir en qué basé las expectativas que tenía en aquel entonces, ¿de dónde las saqué? Para mí la vida había resultado un sube y baja, mis emociones sufrían estragos y mi energía iba decayendo día con día. Envejecía, a pesar de no tener arrugas sobre la piel. Sabía que un día, en unos años, todo aquello despertaría y saldría desde lo más profundo de mi ser, adueñándose de lo que quedara de juventud en mí. Sabía que sería de golpe, llegaría la vejez de golpe, y eso me asustaba un poco. A veces levantarme de la cama era una utopía. Mi peor temor era perder mi puesto y no poder pagar el apartamento; tener que buscar otro trabajo. No sabía si podría soportar más entrevistas, inducciones, entrenamientos en el nuevo puesto, exámenes de orina sorpresa en busca de drogas, nuevas habilidades que incorporar, socializar de nuevo, todo aquello que había tenido que soportar para llegar hasta donde estaba. Simplemente era demasiado.

Por esos días había recibido una llamada de atención de mi superior inmediata, hubo una confusión con unos encabezados y ya se había impreso la nota. Esa noche caí en pánico, no podía dormir. Pasé varios días enferma.

Fue en esa época en la que reconecté con la psiquiatra de mi adolescencia. Era una mjer mulata, que usaba faldas amplias, con una sensibilidad y un don de gentes tan agudos que aunque una se resistiera era imposible no abrirle el alma sin temor.

Cuando yo era una adolescente rebelde, poco a poco y con tacto, esa mujer escudriñó mis luchas internas, fue calando dentro de mí hasta tocar fondo. Lentamente comencé a entenderme a mí misma, gracias a ella.

Mi psiquiatra era tan segura de sí misma que no necesitaba recordarse una estricta distancia profesional, mostraba un poco de sí, con una sencillez sin límites, inspiraba respeto y aprecio tan genuinos que nadie osaba cruzar la línea tan temida por los psiquiatras: paciente-médico.

En aquel momento me diagnosticó ciclotimia. Estaba en mi naturaleza menguar como lo hace desde siempre la luna. En conclusión, entre otras muchas cosas mi dopamina era inestable. Así estaba yo.

Posterior al diagnóstico, creí entender por qué mis depresiones y mi falta de atención iban siempre de la mano en este disonante vals con la euforia: arriba, abajo, arriba, abajo; por qué a veces tenía tanto sueño que no podía levantarme de la cama.

Como muchos que navegan a la deriva, luego del diagnóstico yo también bailé el vals con los medicamentos: Lamictal, Risperdal, etc. Para dormir, Epival y la temible Tafil, tan potente que me hacía dormir por horas, o bien, me hacía charlar con desconocidos en la calle, o dar discursos muy exitosos en la universidad, por ejemplo, durante una reunión en el salón oval del auditorio, frente al personal del Ministerio de Salud que nos había venido a dar una charla, en donde hablé de algo relacionado con el cáncer, sacado de no sé qué parte de mi imaginación. Al final no recordaba nada de lo que había dicho, excepto que una funcionaria me había felicitado, dado el teléfono de la oficina, y yo no tenía idea del por qué ese teléfono yacía sobre mi escritorio con una nota que decía: "lunes 27, 2:30 p.m."

Otras veces, salía con mi novio a caminar por los parques de San José y de pronto me quedaba dormida sobre su regazo. Horas después, cuando despertaba, él me contaba cómo los zanates me creían muerta, y hasta uno se había posado sobre mi pierna, lo que lo había matado de risa. A veces despertaba en la madrugada con una sensación de muerte, solo una vez quise matarme, duró tres segundos pero fueron suficientes para comprender a todos los suicidas del mundo. A partir de entonces, cada vez que alguien les llamaba valientes o cobardes, me causaba gran molestia.

Años después, luego de recaer un par de veces en la depresión, abandonaría los medicamentos para siempre. No logro precisar cómo sucedió exactamente, cómo tomé la decisión. Solamente sé que mi recuperación está ligada en parte a una ceremonia de ayahuasca que realicé con un chamán del Amazonas que había venido de visita a Costa Rica. Las visiones que tuve y las sensaciones fueron tan significativas que perdí parte del miedo a vivir.

Con el tiempo tuve algunas recaídas, pero poco a poco comencé a reconectarme con el trabajo, con la rutina. Comencé a socializar más con mis compañeros de trabajo, a decir que sí al batido de menta que iban a mandar a traer con el mensajero, a asistir a los *luchs* a los que me invitaban, a perder el miedo a que los años se consumieran, olvidar que yo era finita.

Esta vez vería a mi doctora por otro asunto. La ciclotimia, ya era cosa del pasado.

Resultó que junto a mi apartamento, el chino dueño del restaurante de la esquina había colocado un extractor de grasa que hacía un ruido del demonio, que me estaba arrancando la vida. Varios de mis amigos me habían recomendado que le chorreara algún corrosivo en el techo, otro se ofreció a ir en la noche con su auto 4X4, para buscar la forma de traernos el extractor abajo. Suelo ser bastante temerosa de ir a la cárcel, razón por la cual elegí seguir la vía larga, comenzar un proceso de denuncia con el Ministerio de Salud.

Necesitaba que mi doctora me hiciera un dictamen ya que desde la aparición del extractor, los síntomas de ansiedad pugnaban por aparecer y yo estaba aterrada. El vals de arriba, abajo, abajo, arriba, rondaba cerca.

Visitar de nuevo a un chamán ya no era opción para mí, pues el amigo que en aquel entonces me llevó con él, me informó que ahora estaba cobrando más de cien dólares.

II

La adolescencia de la joven Amanda tuvo subes y bajas. De no ser por su madre, seguramente no habría sobrevivido a aquella época de "loca dopamina". Cuando la chica sentía que ya no podía más y tenía un vértigo en el pecho que no se apagaba, la madre la llevaba a la sala, y en medio de la madrugaba se las arreglaba para realizar una rutina de ejercicios que la calmara. De esta forma, el ataque de pánico, la ansiedad, poco a poco, resiración tras respiración, movimiento tras movimiento, por fin se diluía.

Por otra parte, la vida personal de Amanda también sufría sus reveses.

Más y más deudas se iban acumulando. El colmo había sucedido con la mamá de Cordo, quien era uno de sus mejores amigos de cuando estaba en el colegio.

La madre de Cordo era una mujer que de joven había tenido el privilegio de tener padres que le procuraron suficiente dinero para viajar durante dos años antes de comenzar sus estudios universitarios en una prestigiosa universidad extranjera. De modo que, recién llegada del año sabático duplicado, quedó embarazada de un hombre del barrio que andaba en "malos pasos" y que ahora que sabía del embarazo la despreciaba. Esta circunstancia, coincidió con la ruina económica familiar, ya que que tuvieron problemas con Hacienda y ese fue el acabose de todos.

Aunque intentó marcharse para empezar la universidad, el padre de su futuro hijo regresó y le rogó que se quedara. Su familia le dijo a ella: "O nosotros, o él", ella lo eligió a él y se casaron. Debió marcharse a vivir a un cuartucho de mala muerte con él. Estuvo unos años allí y se dedicó de lleno a cuidar a sus hijos, ahora eran cuatro, el mayor era Cordo. Sin embargo, su ahora esposo volvió a recaer en las drogas, de modo que tuvo que echarlo de la casa y comenzar a luchar para darles a sus hijos el sustento diario. Se dedicó a toda clase de quehaceres: venta de batidos para adelgazar, venta de ropa interior, clubes de viajes, venta de ropa de playa, venta de tamales, y un sinnúmero de actividades más.

Cordo era un chico gordo y amable, sin embargo, estaba muy influenciado por su madre, quien lo presionaba para que le vendiera a sus amistades los productos que ella ofrecía.

Una tarde, Amanda fue a casa de Cordo, quien era excelente haciendo cortes de cabello. Por primera vez, Amanda se atrevió a aclararse las mechas del pelo que encuadraban su rostro, "para darle más luz", según indicó Cordo. Una vez finalizado el proceso la mamá de Cordo se acercó a hablar con ella, aprovechando que su hijo le estaba mostrando las fotos de los lugares que había visitado durante sus dos años sabáticos que pasó en Perú, Argentina, Egipto, Marruecos, y un montón de lugares más. Lucía joven y radiante, con su cabello rojizo largo, ondulado, como de revista.

Le comentó que estaba vendiendo vestidos de baño, veinte mil colones cada uno en aquella época, a principios de la primera década del 2000. Amanda trató de resistirse pero su personalidad era débil, le faltaban muchos años para aprender a decir que no. Aceptó comprar el vestido de baño a pagos. Sin embargo, estaba fuera de sus posibilidades saldar la deuda en el tiempo estipulado, así que Cordo comenzó a mandarle mensajes de texto para cobrarle. En una de tantas, Amanda le escribió a Cordo un mensaje desde el celular de su padre, explicándole que aún no tenía el dinero del vestido. El papá de Amanda, quien descubrió el mensaje, confrontó a su hija alarmado, la sentó a la mesa en presencia de su madre y le preguntó directamente si estaba metida en drogas, ya fuera vendiendo o traficando, a lo que ella le respondió que jamás, que todo se debía a un vestido de baño. Su padre, realmente molesto con la situación, le dio los veinte mil colones para que se deshiciera para siempre de Cordo y su madre.

Aquella tarde, un carro oscuro se aparcó frente a la casa de Amanda. Luego de pagar, ella les dijo que esperaran un momento e hizo algo insólito. Fue adentro y tomó una de las tres pequeñas sandías que su padre había traído de la feria y se la ofreció a Cordo y a su madre, quienes agradecidos se marcharon en el carro celste con la sandía y los veinte mil colones. Amanda los observó alejarse.

¿Por qué les había dado aquella sandía? En múltiples ocasiones le contó a Olivia la historia del vestido de baño y los famosos veinte mil colones. El asunto de la sandía siempre la llevó al reino de a la introspección en pocos momentos.

Cordo,
su madre,
la sandía.

A partir de ese día, nunca más volvió a ver a Cordo. Tenían planes juntos, creían que algún día tendrían un bar al que llamarían "El hongo mágico".

Servirían tragos multicolores, y si estaba legalizado, hongos.

III

Su novio de la universidad, su primer novio serio, por decirlo de alguna manera, fue Ricardo M., el chico argentino. Se conocieron de una manera curiosa.

Ella lo vio caminar por los pasillos de la universidad, por alguna razón le pareció que tenía cara de colombiano, y se lo preguntó. Él dijo que no, que era argentino. Posteriormente, halló la forma de hacerle llegar a él su número de teléfono con una amiga y se empataron. Con el tiempo, como toda pareja tradicional que va hacia "lo serio", él conoció a los padres de ella durante una fiesta en la finca de la familia, por lo que el siguiente paso era por consecuencia conocer a la madre de él.

Esto era algo que no le atraía a Amanda, por tener que salir del país lejos de su familia, tomar un avión, irse a la casa de gente desconocida, de modo que el encuentro se había postergado para desesperación de Ricardo.

Pasarían muchos años para que ella tuviera el valor de decirle a sus parejas de forma directa lo que realmente quería y lo que no, y lo más importante, tomar decisiones al respecto.

Ricardo estaba desesperado, viajaba una vez cada cuatro meses a Argentina, cada vez que terminaba el cuatrimestre universitario y pasaba allí gran parte de las vacaciones de fin de año. Insistía en que Amanda debía arreglar el asunto del pasaporte para que la próxima vez lo acompañara sin falta. Amanda llevaba año y medio diciendo que sacaría su pasaporte, agendaba citas en Migración que luego perdía por ausencia. ¿La causa? Se quedaba dormida. Para él todo resultaba en una fábrica de excusas por lo que un día la confrontó. Finalmente ella tuvo que concluir el asunto y sacar el pasaporte.

La llegada de Ricardo a su vida había acrecentado la depresión, no sucedió de golpe, pero sucedió. No sabía si había sido él quien había traído consigo parte de la enfermedad, o si su aparición coincidió con este período depresivo que según le habían dicho, era por causa de la dopamina. Lo cierto es que comenzó a sufrir de agotamiento, a veces no quería ir a la universidad, mucho menos verlo a él, lo que empeoraba su ya difícil situación romántica. Faltar a una cita que habían acordado y decirle que se debió a que no se pudo levantar siempre era tomado como falta de voluntad o pereza por parte de ella. En su defensa, Amanda ya no tenía ninguna excusa. Cuando faltaba a clases por dormir y se levantaba a las cuatro de la tarde, él reiteraba que se debía a que era una vagabunda y que no tenía fuerza de voluntad. "¿Cómo era posible que una persona la noche anterior prometiera algo, y no se supiera nada más de ella hasta muchas horas después", expresaba él.

La fuerza de voluntad es una gran palabra. En el caso de Amanda, no entendía de razones, al menos las que le daban quienes querían verla renacer de las cenizas, a costa de discursos del poder de la fuerza de voluntad. "Tienes falta de voluntad", "es porque no te interesa", "solo es cuestión de proponérselo", o como le decía su padre "todo está en la mente", son frases que en el cerebro de alguien enfermo, simplemente no se pueden apreciar. El cerebro de Amanda, no procesaba nada de eso.

La gente le solía decir: "No tienes razón para estar triste. Tienes una familia que te ama, un hogar, comida caliente y mascotas que te aman. Lo tienes todo", pero esa no era la llave de la estabilidad.

En el fondo, Amanda intuía que si el mundo tomara más en cuenta los sentimientos de las personas, si se convirtiera este mundo en un lugar en donde se puediera soñar, quizás los asuntos de dopamina no fueran tan complicados para la gente.

Amanda simplemente no tenía voluntad, así de simple, no la tenía. Por mil vez inició de nuevo su tratamiento, con ajustes de medicación, para ver si acaso.

Una pastilla le daba mucho sueño, otra la hacía sentir tonta. Aquella le acrecentaba la falta de voluntad, la otra la hacía conjugar las oraciones al revés. Al final hubo que eliminar una, reducir la otra, combinar un par, entre otras peripecias doctoriles. La verdad era que no se podía saber a ciencia cierta cómo acabaría todo aquel embrollo. Había que seguir en ese camino, ser la pionera de los propios resultados, con la esperanza de mejorar algún día, pese a no tener fe en la mejora, pues cada día se sentía peor.

El suicidio no era una posibilidad. Le aterraba demasiado la muerte como para intentarlo. Odiaba el dolor físico, también. Su padre le dijo una vez: "la muerte igualmente llegará, porque ya la llevamos con nosotros, ¿para qué adelantar lo inevitable?".

Su padre siempre creía en ella, no entendía en qué se basaba su fe si estaba despedazada por dentro, incapaz de seguir adelante un día más. Por tanto, lo creía un mentiroso.

Amanda creía que en el mundo abundaban el amor y la incomprensión, como dos motores vivientes que lo impulsaban todo. A veces me pregunto, ¿realmente se le pudo haber dicho algo para que tuviera un poco de paz?

Un día, cuando recién iniciaba mi carrera de redactora me encontré con una vieja conocida del Conservatorio de Arte y conversamos entre otras cosas, acerca de las universidades y las carreras a estudiar, ambas teníamos puntos de vista muy opuestos.

Le dije que una carrera universitaria, un título universitario acreditado, para quienes no teníamos padres millonarios, definitivamente daba estatus, y eso lo entendía, daba de comer, aunque no debería ser el único objetivo al estudiar algo. Ella no tenía bronca con esos asuntos, para ella todo era X=Y. Una mujer funcional, práctica, decidida. Detestaba a quienes se sumían en la tristeza, me lo dijo refiriéndose a un amigo que teníamos en común, pero me cayó como un balde de agua fría pues era como si me lo estuviera diciendo a mí. Además, expresó que aborrecía a la gente que decía que le costaba la vida, ya que, consideraba que el sistema sí proveía a la gente de suficientes oportunidades, pero que había que arrebatarlas. No en vano ella ya había terminado su Maestría en Finanzas a costa de becas y ya estaba pensando en un doctorado. Ante ella, me sentía una persona bastante fracasada.

En aquella época, muchos de mis compañeros de colegio al llegar a la universidad, decidieron estudiar Administración de Negocios porque les dijeron que ya había suficientes médicos, demasiados abogados o que se morirían de hambre si elegían Artes Plásticas, pero acabaron en la misma situación de incertidumbre. De hecho, Costa Rica estaba a casi una década de tener los índices más altos de pobreza y desempleo, pero jamás lo sospechábamos.

Habían historias interesantes, como la de un compañero que se compró una buseta y la llenó de cucherías: galletas, cajetas, confites, y comenzó a hacer rutas y a entregar productos a lo largo y ancho del país. Ahora, ya tenía otra buseta y un chofer que le hacía al menos una ruta diaria.

También supe la historia de un compañero del Conservatorio de Arte que se graduó por trompeta. Hoy vive en el extranjero y maneja un ferrari.

¿Existe una receta?

Cuando le mencioné todo esto a ella me preguntó:

—¿Qué tiene que ver eso con la salud mental?

A lo que respondí:

—En mi opinión, no deberíamos medicalizar tanto las cosas, por un lado. Solamente lo preciso. Por otro, deberíamos tratar de construir un mundo en el que se pueda soñar.

Le dije que había personas como Amanda que realmente necesitaban de alguien que las alentara, para un día, con fe, abrir las alas y volar.

Entonces ella me dijo:

—El sistema no puede parar por cada persona que lo necesite porque si lo hace, simplemente no camina.

Le dije:

—¿Por qué no?

Ella respondió muy segura:

—El sistema que nos rige, correcto o no, nos guste o no, funciona, y es válido por esa razón, porque todo lo que sucede lo hace caminar. No existe un ejemplo actual a gran escala que muestre un modelo diferente que se pueda realizar, tal como vos lo pedís. Es un ecosistema, una simbiosis, solo los fuertes seguirán en él. Llegar a otra dimensión, evoucionar hacia otra alternativa, tomará milenios.

Le respondí:

—Entonces según vos, ¿qué pasaría con las personas que no pueden insertarse en él?

Ella respondió:

—Tienen tendencia a desaparecer. Desde ya les está pasando.

Le dije que esa lógica era la misma de los que suelen decir que hay que desaparecer a todas las personas que tengan algún impedimento físico o mental. Ella me dijo que en realidad era cuestión meramente de moral, pero que igualmente el sistema seguía haciendo su trabajo. No supe qué responder, estaba en shock, y ella me dijo que mientras no fueran una mayoría, la Historia no iba a cambiar por nadie. "Las minorías nunca son significativas hasta que son mayoría", recalcó.

Quedé descorazonada, cada palabra que me decía me rompía el corazón. Lo peor, no tenía un ejemplo que acudiera en mi rescate en ese momento, trataba de no romper a llorar frente a ella. Sin embargo, en un arrebato de desesperación le dije que por algo nos habíamos humanizado, o al menos lo intentábamos.

Ella me dijo irónicamente:

—¿Humanizado? ¡Cuándo fue eso que no me di cuenta!

Le respondí:

—Somos animales, sí. Pero no necesariamente vivimos según la ley más estricta de la jungla, ¿no?

Pero ella dijo:

—¡Somos animales con ropa!
—¡Ya lo sé!

Le repliqué indignada que las cosas nunca han sido fáciles para nadie. Expresé, en mi defensa, que el caso de las mujeres revelaba cómo la Historia puede cambiar.

—Una vez las mujeres no fueron mayoría, y ahora lo son —expresé.

Ella me respondió:

—No, no confunda minorías con grupos subordinados. La

realidad es que los inadaptados son una minoría, la mayoría aún no está enferma. Al menos no lo suficientemente enferma. Cuando un día lo esté, entonces hablamos.

Yo le dije:

—¿Y si fueran mayoría?

No lo sabía, tal vez nadie lo sabría a ciencia cierta. Mi ánimo era nulo en ese momento.

Sin embargo, había algo en mí que no me permitía aceptar que el presente era tan desalentador. ¿Realmente nunca vamos a sobrepasar como humanidad esta etapa de mezquindad? ¿Estamos condenados a repetir cada 10, 100, 1000 años las mismas masacres, las mismas guerras, la misma violencia, la misma discriminación? ¿Quienes nazcan en el futuro deberán sufrir de los mismos dilemas, dar las mismas luchas, seguir por 10.000 vez este mismo camino?

No soy nadie, no soy una genia, no soy una artista, no tengo una carrera académica prominente y seguramente nunca la tendré. Inclusive, hasta puedo resultar una editora de mal gusto, para muchos, "una editora de cabezas", eso lo sé. Hay quienes se burlan de quienes hacemos este tipo de trabajos, nos consideran de poca monta. Somos algo así como las ratas del mundillo literario.

En este momento de mi vida, a pesar de todo, creo firmemente que si por la humanidad corre el eco de una voz, por débil que sea, se debe evidenciar. La inconformidad, la falta de sentido, el análisis crítico de la máquina que nos escurre día con día, es un derecho fundamental.

Desde antes de nacer mi vida ha estado al servicio de una sociedad que me parece extraña, a la que no comprendo, de la que dudo, que me arrolla y me causa gran pesar, pero a la cual pertenezco y hasta amo a veces. Es en este juego de amor-odio en el cual me forjo y no puedo ignorarlo. No puedo dormir en paz, realmente no puedo ante esta contradicción, sabiendo que mientras una parte duerme, la otra llora; mientras una ríe, la otra extraña. Y al día siguiente nadie sabe nada, solo porque ante los ojos de una "mayoría" asustada, ciertos males no existen, están evaporados, porque otros creen que no hay nada que hacer, porque la máquina es despiadada y no tiene alma ni entrañas.

Mientras no esté segura de nada, seguiré a mi corazón, aunque mi vieja conocida, o tantos otros, me observen con lástima. ¿Por qué debo sentir vergüenza de ser quien soy?

¿Qué le podemos hacer? Aún tengo esperanzas de vivir en un mundo en el que haya un poco más de amor, un poquitito menos de incomprensión.

***

Domesticación

—¿No sentís nada? —le dijo Olivia a su amiga.

—No querida.

—Amanda, ¿se supone que deberías sentir algo?

—No siento nada.

—Desde aquella vez no me dijiste nada.

—Luego te contaré.

El silencio se impuso de primero, ante todos y ante todo. Ya antes del primer grito de la primera recién nacida, antes del principio de los tiempos, antes del caos, ya estuvo el silencio. Siempre tuvo la última palabra. Ese silencio.

Las amigas no hablaron mucho del asunto, hasta un año y medio después. Fue la misma Amanda quien tocó el tema. Le contó todo con detalles, sin importar las consecuencias.

Ambas estaban muy afectadas. Habían vivido demasiadas emociones juntas y esto las había desgastado a ambas.

—Nunca te hablé del aborto —dijo Amanda.

—No, y no quise preguntar más. Sentí tu barrera y me retiré —dijo Olivia precavida.

—Te lo diré todo.

Amanda se remontó a ese viernes. Esa tarde, ella tenía en su poder las pastillas que inducirían el aborto, las Cicotex. Todo estaba listo, Olivia vino a verla justo cuando inició el proceso, la acompañó unas horas, luego debió marcharse. Lo que pasó después Olivia lo sabría ahora.

Cuando Amanda quedó sola aún no pasaba nada. Tomó sus

pastillas contra el dolor como precaución, pero, o todavía no había comenzado el proceso o las pastillas no eran muy efectivas, porque no sentía dolor. Luego de un par de horas todo comenzó. El dolor al principio era ligero, se alegró cuando vio un leve rastro de sangre en el calzón, como el que a veces sucede antes de venir la menstruación y pensó: ¡ahora sí que ha comenzado, por dicha!

No sentía un dolor intolerable como ella tanto había temido, en unos instantes sintió un chorro mojar su toalla sanitaria. Se había colocado la toalla más grande disponible en el mercado, de esas nocturnas, tenía varios paquetes para el resto de la noche. Eran las cinco, el proceso no estaba retrasado, pero estaba claro que estaba lejos de terminar. Creyó que todo iba a suceder más rápido, no quería pasar la noche en ese estado. "¿Y si me muero?", pensaba. "A poca gente le gusta morir en la noche, es aterrador. Cuando se sufre, solo se espera a que por fin llegue la mañana". Pero pronto vendría la noche, y había que afrontarlo.

La noche vino, trayendo cosnigo la luna.

Sintió ganas de orinar y corrió al baño, pero al chorro de orina se le adelantó un profuso chorro de sangre. Era como escuchar orines, demasiado abundante, con mucha fuerza y de allí no paró más. Ahora sí había comenzado, estaba en proceso podríamos decir que de parto, sólo que a las cinco semanas. Le sorprendía que cada vez que iba al baño ocurría lo mismo, la hemorragia acudía fiel a su causa, abundante, muy roja. Era sangre roja, demasiado viva y brillante, muy caliente, la sentía correr con cierta desconfianza, temiendo que tal vez nunca se fuera a detener. Podía estar acostada o reclinada pero igual seguían viniendo los borbotones de sangre con la misma intensidad. Su mayor miedo era que le diera fiebre, que algo se complicara y tuviera que ir al hospital. Se había cambiado la toalla tres veces en una hora, le pareció mucho, deseaba que todo acabara de una vez por todas. No podía quejarse como lo hubiera hecho en cualquier otra circunstancia, si lo hacía, su madre lo descubriría.

Dos horas después del primer sangrado comenzaron a salir coágulos de sangre que cada vez eran más grandes. Sabía que aún no había abortado, lo sabía. El resto vino de la nada, era como si la naturaleza ahora se hiciera cargo, solo había que estar y ser protagonista, no había de otra. El dolor atacó gradualmente, lo único que podía asegurar era que subía en intensidad. Su miedo ahora era que los dolores fueran tan fuertes que tuviera que ir al hospital. Ya podía sentir contracciones leves, pero el dolor era terrible, no cedía. Los nervios lo empeoraban todo, eran el aire que respiraba. Cuando ya no pudo más, corrió al baño e imploró por piedad, allí se sentó y salió mucha más sangre que antes, las losas del baño estaban rojas, todo era una mezcla de sangre y gotitas de orines. De pronto se sentó en la taza del servicio sanitario y sintió que se iba a desmayar, el dolor llegó a su punto máximo, apenas podía mantenerse consciente. Sintió que algo tapaba su vagina, se estremeció, de alguna manera supo que tenía que pujar, pero no lo hizo, su cuerpo lo hizo por ella, o ambos lo hicieron, eso ella nunca lo sabrá. Cayó algo pesado en el agua del inodoro, fue un sonido sordo y pesado. Amanda lo supo, era el embrión.

Se arrodilló y tomó aquello entre sus manos. Era una masa sangrienta. Pudo ver el saco transparente, y adentro a un pequeñísimo embrión blanco, como en los libros. A la par le pareció ver otro embrión, ¿sería otro o sería una parte que se despegó de este? Curiosamente cuando intentó romper la bolsa para sacarlo, descubrió que era realmente complicada de rasgar. Luego tomó al embrión y lo colocó en el hueco de la mano. Era tan pequeño. Lo tomo entre sus dedos y lo despedazó. Después metió las manos en el agua del sanitario para dejarlo ir y tiró los restos ensangrentados de lo que quedaba del saco y la masa de sangre. Se miró las manos y estaban llenas de sangre. De la nada se vio recordando la obra de Macbeth. Su mente la llevó a la escena que tantas veces vio en el Conservatorio de Arte, cuando Gorrión, su amiga de la infancia, hacía de Lady Macbeth y se lavaba las manos una y otra vez para quitarse la supuesta sangre que manchaba sus ardorosas manos, pero la sangre ya no estaba en sus manos, sino en su mente, detrás de sus ojos, en lo profundo de su imaginación.

Amanda pensó: "¿Ya soy una asesina? Destrocé a un embrión entre mis manos. ¿He cometido homicidio? ¿Esto es matar?"

No concebía en su mente cómo había destruido algo tan extraño que crecía adentro suyo. Amanda estaba demasiado mutilada como para darse explicaciones. Limpió toda la sangre del baño con papel higiénico.

La noche sería muy dura. Estaba muy nerviosa, tenía miedo de dormirse y desangrarse. Tomaba bebidas calientes para soportar la debilidad. Por fin se durmió cuando había comenzado a clarear. Sangró los siguientes veinte días. Su novio no estuvo allí, Amanda no quiso verlo. Le dijo que se marchara a Argentina, lejos de ella. Por alguna razón quería estar sola.

—¿Sentiste remordimientos? —preguntó Olivia.
—Si te dijera que sí te estaría mintiendo. No me duele, no siento nada. ¿Debería sentir algo? Sabes, no hubiera querido que pasara de otra forma, me elegí a mí misma, eso fue todo. Yo no amaba lo que llevaba dentro.

No es que se olvide lo que pasó, es un recuerdo, formó parte de una vida. Las experiencias vienen, se van y luego se quedan. Eso nos hace más fuertes, quien medita acerca de sí misma, tendrá una nueva claridad.

Muchos dirán que a las cinco semanas es imposible despedazar a un embrión con los dedos, ya que mide solo milímetros. Sin embargo, supongo que hay excepciones para todo. ¡Nunca se sabrá la verdad!

Solo de vez en cuando, Amanda sí se preguntó algo, algo que no se podrá ya saber: ¿Habría sido una niña o un niño esta vez?

***

125

Carta a la mamá de un novio
(Un recuerdo añejo del 2013)

Doña Luz:

Sé que para usted quizás soy una persona non grata en este momento, pero le ruego que lea esta carta hasta el final para que comprenda lo que le quiero decir. Le juro que llevo días cavilando si es correcto o no decirle esto y he decidido que lo voy a hacer porque creo que usted está en el derecho de conocer la verdad, y yo de reivindicar las humillaciones que he sufrido.

Sé que su hijo le dijo que yo le fui infiel y no sé qué otras cosas más, palabras de mala fe, como jamás esperé de él.

Pero le voy a contar mi versión de la historia, una realidad que él nunca le va a decir, pero que es mi parte de la verdad.

Nuestra relación comenzó casi como cualquier otra, a excepción de que había ciertas diferencias que no supimos limar, yo por falta de experiencia a la hora de poner límites y él porque no podía comprender que no es dueño de mi tiempo, y ambos, cada uno por su lado, no supimos arreglárnoslas. Ahora bien, daré un salto desordenado de los hechos.

He sufrido tres abortos, todos de Ricardo. El primero, reconozco que él estuvo pendiente de mí, de modo que no tengo quejas. Sin embargo, las cosas entre nosotros se fueron degradando más y más, hasta quedar todo putrefacto.

Fue a finales del 2007 o principios del 2008, si no me equivoco. Fue la primera vez que aborté. Yo no podía usar zapatos altos porque aún sangraba. ¡Me sentía muy mal! Recuerdo que él también la pasó mal días antes, ya que todo sucedió mientras él estaba en Argentina, y en todo momento quiso venirse para Costa Rica, preocupado por mí. Recuerdo que llamó a mi casa y mi madre le dijo que yo estaba muy mal con dolor de ovarios, y él me contó que respiró aliviado porque sabía que al menos estaba viva.

Tiempo después me contó que previo a que yo abortara, estuvo tratando de localizarme, para detenerme porque sentía que estaba perdiendo a su familia.

En ese entonces no tengo dudas de que me amaba con toda su alma, lo sentía por mi piel, en cada caricia y en su mirada. En la forma en que tomaba mi mano y me esperaba al salir de clases: esa mirada que abarcaba todo mi ser de principio a fin. Cuando pienso en eso me parece increíble cómo las cosas pudieron empeorar para ambos, parece un sueño. Un edificio en ruinas que nos cayó encima y nos destripó.

Esa vez, cuando ya pasó el aborto, días después, salimos del laboratorio de Anatomía. Recuerdo que yo estaba en la fuente muy triste, no podía dejar de mirar el agua. Esa vez él cuestionó de la nada si el hijo que aborté era suyo, eso me dolió tanto. Si quería decirme semejante cosa, ¿por qué en ese momento y no después cuando ya estuviera totalmente sana? Sin embargo lo dejé pasar, porque su amor, tan presente en mí, era más grande que cualquier otro motivo de ruptura.

En nuestra relación siempre hubo un fantasma, y fue el siguiente: él era mi primer novio, pero yo ya había tenido sexo antes de conocerlo con otros hombres. Y para él, pues, yo era su primera experiencia en todo sentido. Él nunca pudo superar los celos hacia esos hombres, hombres que ya pertenecían a un pasado remoto. De modo que, supongo que como un mecanismo de defensa y para paliar el dolor y los celos que eso le causaba en su mente, pues optó por transformar aquel dolor al imaginarme con otros hombres, lo resolvió interpretando aquello como algo excitante, de modo que me pedía que le contara esas experiencias del pasado para excitarse, y aunque quizás a algunos les parezca una perversión, yo le conté todo lo que él quería oír porque creía comprender su situación, pensaba que así lográbamos estar en paz.

Lo que no sabía era que todo aquello se nos saldría de las manos.

Usted debe saber que en los cinco años de relación, casi la mayor parte del tiempo yo invité a comer a su hijo, sin falta. La verdad, eso era algo que me nacía hacer, porque sabía que no tenía suficiente dinero. En los últimos años también recargué su celular religiosamente y le di dinero extra para sus pases del bus y para que pudiera cenar. No era algo que me molestara, compartir mi dinero, y eso también se volvió en mi contra al final de esta relación.

Como yo pagaba nuestra alimentación, la de ambos en cada salida —también pagaba los moteles donde teníamos sexo—, pues no me quedaba suficiente dinero para mis cosas, cosas que quería hacer. Aún así me sacrificaba, hasta que llegó el momento en el que el dinero del todo no me alcanzó para pagar los moteles y la comida, de modo que le dije que deberíamos tener sexo con menos frecuencia. Al principio todo iba bien, sin embargo, él siempre estaba urgido de sexo, pero ¿qué podía yo hacer? Él optó por una solución extraña a la que me abrí para complacerlo, cosa que nunca debí haber hecho.

Me pedía que tuviera sexo con otros hombres: personas de mi pasado, de mi presente, etc. Me pedía que les llamara y que me fuera con ellos. Y él escuchaba al teléfono mientras yo estaba con ellos. Era una suerte de "fantasía-vivencial", pero creía que si no podía estar con él en la cama y él tenía tanta necesidad de sexo, pues así le ayudaba.

Al principio no me pareció terrible, me fue imposible comprender en qué cueva oscura me estaba metido, hasta que todo se complicó porque él me pedía más y más. Muchas veces me hizo salir de casa a altas horas de la noche, sin importar el peligro, todo eso para complacer sus deseos de escucharme con otro. Por suerte, eso comenzó a incomodarme, a pullarme, que él dispusiera de mi tiempo a su antojo, sin consultarme si debía estudiar, que simplemente asumiera que iba a irme a la calle cuando él quisiera, me pareció aberrante. Además, no siempre tenía un examante a la vuelta de la esquina. Me comencé a agotar, me sentía una esclava.

Todo empeoró cuando le dije que no quería seguir con eso, él se puso muy molesto.

Le dije que lo que podíamos hacer era no ir a comer más a KFC y bueno, usar ese dinero para ir a tener sexo. Rechazó la idea ipso facto, resultó que ahora él ya no me veía si no era para comer también, además del sexo. Llegó un momento en el que sentí que yo era solo una proveedora, que le daba sexo y comida. Muchas veces él no me hablaba hasta que no lo complacía, y yo, estúpidamente, iba a tener sexo para que él estuviera feliz y me hablara con voz amable y con paciencia. Muchas veces se negó a dirigirme la palabra o a decirme que me amaba hasta que lo complaciera, y así fueron las cosas.

Antes de esto y en medio de esto de la comida y el sexo, pues tuve dos abortos más. Por desgracia, el último casi me mata. Yo pagué todos mis gastos las tres veces, juntando las mesadas que me daban mis padres y pidiendo dinero a amigos. Pero esta última vez, no tenía un cinco. Tuve que acudir a mis amigos, conocidos, etc., una vez más, para recoger la plata. Y Ricardo no movió un dedo por mí pese a que le urgía el aborto. El aborto salió mal, ya que no pude hacerlo con las feministas, lo hice con un doctor que me suministró mal el tratamiento y tuve una reacción física muy violenta.

Debe usted saber que pasé bastante tiempo sangrando, debí buscar ayuda. Me internaron en el hospital púbico de San José con un sangrado que llevaba más de tres meses cursando y que me tuvo al borde de la anemia. Mis padres habían gastado mucho dinero en especialistas, aún antes del internamiento en Heredia. Cada día, me las había arreglado para decirle la verdad.

De hecho la Navidad de ese año la pasé en la Clínica Bíblica, y el fin de año igual. Su hijo ni siquiera me llamó. Cuando por fin lo hizo yo ya estaba en una cama del hospital público de San José y fue porque yo le insistí. Le rogué que viniera a verme, y no vino aludiendo que no sabía cómo llegar. A diferencia de él, mis amistades —en especial Olivia, mi mejor amiga—, se consiguió una gabacha de doctora, le inventó una historia al guarda y logró entrar. Y él, teniendo carnet de la U, y teniendo imaginación, pues no hizo nada.

Todo el tiempo me llamaba para hacerme llorar. Yo iba al baño y me sentaba en la tasa sanitaria, sangraba y lloraba. Lloraba porque él me llamaba solo para decirme cosas hirientes, palabras realmente desgarradoras. Recordé la vez que estaba en la fuente, afuera del aula de Anatomía, cuando cuestionó si aquel aborto había sido de un hijo de él. Me di cuenta en ese momento de que ese fue un indicio de que desde ese día en adelante transitábamos rumbo a la decadencia.

Así pasaron los días hasta que logré salir del mal trance. En total, fueron tres meses sangrando y luego, cuando fui ingresada por plaquetas bajas, tres días en el hospital de San José. Mi madre me vino a dejar jugo de emolacha con jugo de naranja, eso me subió las plaquetas en un 2X3. Nunca le dije la verdad, hice hasta lo imposible para ocultarlo. Sin embar-

go, mi tía que esnfermera descuibrió todo aquello en mi expediente pero fue muy discreta.

Los pasé sola, completamente sola. Obviamente mi hermana y mis padres estuvieron presentes durante las visitas, pero de su hijo nada.

Él no se preocupó en lo más mínimo, ni por darme algo de dinero, ni por darme un maldito detalle, nada. Lo perdoné, y cuando salí del hospital seguí viéndolo a pesar de todo eso, como una masoquista y seguí teniendo sexo con otros hombres para complacerlo, a pesar de que ya me asqueaba la situación. Llegó un momento en que decidí fingir que estaba con otros hombres, desde mi propio cuarto, para evitar que siguiera insistiendo. Al principio, fingir se me hizo sencillo pero luego lo sentí también como una carga, pasar horas pegada al teléfono, encerrada en el cuarto, perdiendo el tiempo en esa actuación de mala calidad.

Las cosas empeoraron, y un día en que me agredió en el Paseo de las Flores, lastimó mi mano y mi estómago. Llamé a mi primo para que viniera por mí y me fui con él a casa.

Ese día estuve con otro hombre por voluntad propia, no para complacerlo. Ese hombre era un mae amable, un excompañero del colegio, que aunque las cosas no pasaron a más posteriormente, sí, es cierto, me acosté con él.

Ricardo me descubrió por un mensaje de texto que vio en mi celular, hizo un escándalo. Me llamó infiel, le dijo a todo mundo, a usted, a la abuela, etc. Pero lo que nadie sabía era que mi cuerpo no le importaba, le valía qué pasara o no con mi carne. Ya fuera en el hospital o fuera del hospital, le importaba poco mi vida. De modo que, es evidente que la única diferencia entre mi infidelidad y tener sexo con los hombres que él quería, era que esta vez tuve sexo por propia decisión, y no por complacerlo.

Como si despertara de un sueño, me percaté de por qué nunca debí aceptar que se excitara con las historias de mi pasado. Por fin, había abierto los ojos.

Ya antes habíamos tenido un altercado grave, fue en motel de Heredia. Esa vez le confesé que años atrás había padecido papiloma humano. Se lo conté porque quería que supiera mi historia.

Se volvió loco e intentó ahorcarme sobre el colchón, por dicha al final me soltó.

Después de esto nuestra relación fue de mal en peor, aunque debí dejarlo en ese momento no pude y acudí a él cada vez que me llamaba, para comprarle comida, generalmente combos de pollo. Muchas veces simplemente nos veíamos en un lugar, pagaba sus almuerzos, él comía y se iba. A veces me decía que le pusiera saldo al teléfono, yo le ponía, y no sabía más de él por el resto del día. Sabía que quizás a esas alturas estaría con otras, no lo sé, pero sabía que se avergonzaba de mí, a pesar de que aceptaba mi comida cada tarde. Un día, mientras comíamos pollo frito, repentinamente sufrió un ataque de asco al verme y me terminó para siempre, dejándome en el restaurante con su combo de pollo casi intacto.

Le pedí mi computadora, eso sí, y me la devolvió con la pantalla rota ya que en la última discusión telefónica, la rompió con el puño.

Lo amaba muchísimo, demasiado, no fue sencillo sobrellevar la ruptura. Es muy curioso, en esa época me costaba asimilar que ya no habría un mañana sin él. Pero mis amigos no me dejaron caer y salí a flote.

Estuvimos un mes sin vernos, luego del incidente de la computadora él me buscó de nuevo, y volvimos. Eso fue hace pocos meses. A pesar de que él le dijo a usted de que ya no estábamos juntos, no era cierto. Hasta hace dos semanas todavía nos hablábamos, luego él de nuevo me dejó. No debió buscarme de vuelta, pero bueno, yo tampoco debí aceptar regresar.

Hoy hace un mes le compré su última comida y le recargué saldo, y hace quince días nos dejamos de hablar del todo.

Por mi parte, decidí contarle todo esto más por mí que por usted, y porque le debo una explicación al respecto de la supuesta infidelidad y el montón de cosas terribles que ha dicho sobre mí a medio mundo.

Ayer me enteré de algo que me hizo llorar de nuevo. En mi tercer aborto, cuando estuve en el hospital, Ernesto —no sé si se acuerda de él—, quien es novio de mi hermana y amigo en común de los tres, le preguntó a Ricardo por mí, ya que sabía a través de mi hermana que yo estaba internada por el sangrado y no comprendía por qué él no me había ido a ver. Ricardo tuvo el descaro de decirle que él no tenía nada que ver, que ese hijo no era de él, sino de Lucio, un conocido de ambos. De modo que negó a su hijo muerto y me negó a mí. Y eso no lo sabía. O sea, lo esperaba, pero saberlo dolió a pesar de todo. En lo que yo me estaba pudriendo en el hospital por causa suya, él me negaba, ante Ernesto y quién sabe a quién le habrá dicho lo mismo por puro gusto, por venganza. ¡Qué vida más injusta!

Me alegra haberlo sabido, eso sí, porque al haberse roto el hechizo, pude ver al monstruo que tenía frente a mí.

En nuestra relación hubo cosas buenas y cosas malas. Es cierto que comenzamos con el pie izquierdo, ambos. Él con su carácter y sus agresiones verbales y físicas —usted no tiene idea de las cosas que me dijo—, desde perra, puta, zorra, golfa, hasta ofender a mi madre y decirle perra, hija de puta, y a mi hermana lo mismo. No se los dijo en vivo, pero así se refirió a ellas cuando hablaba conmigo por mensajes y se enojaba. Un día, mi madre vio algunos de esos mensajes por accidente, me ordenó que lo dejara de ver, que no debía permitir que nadie tratara así a una hermana, debí haberlo hecho, pero casi nadie experimenta por cabeza ajena. Además, decidí protegerlo de mi propia familia, lo cubrí con un manto de impunidad.

¿Él me amó? Hubo una época en la que sí lo hizo. Claro que sí. ¿Me amó mal? Sí, pero no es su culpa al cien por ciento. También es mía por haberme quedado allí, por no haber buscado ayuda, por no haber puesto límites desde el principio y por haber sido sumisa, sobretodo, por no respetar mi intuición, mi isntitno, mi cuerpo desde un principio. Por no haberme cuidado, y él por no haberme cuidado. Pero bueno, a pesar de que hoy en día todavía quedan secuelas de los abortos, estoy mejor y pronto estaré mejor que nunca.

Gracias a Dios logré superar la mayor parte del dolor. Tanto de la primera vez que me dejó, como de la segunda. De hecho, fue él quien regresó a mí sin yo pedírmelo, simplemente apareció para causarme más dolor y se volvió a ir. ¿Pero qué digo? Yo también acepté regresar. Eso es algo en lo que actualmente trabajo, nadie tiene la culpa al cien por ciento. Y el pasado, por más hermoso que haya sido, no representa al presente, y mi presente apestaba.

Su hijo me amó por algunos años, también lo agradezco. Con mis limitaciones y mi falta de experiencia, lo hice lo mejor que pude, también lo amé.

He logrado salir adelante: este año retomé la U, y por dicha logré pasar los cursos de Medicina de este periodo. Publiqué dos libros, uno se llama *La manta de aire* y el otro *La vida de a ratos*. Si algún día los ve en Argentina están bajo el pseudónimo que opté: *Lila Torrena Seúl*, esa soy yo.

Elegí *Lila* para publicar, en vez de *Amanda Letizia Jen*, porque *Lila* es un color hermoso, vivo, fulgurante. *Torrena* es el apellido de mi padre, él lo heredó de su madre, en aquella época en que mi abuelo no se había casado con ella y los hijos "bastardos" llevaban el apellido de mi abuela. Me lo dejé porque me encantó la idea de haber heredado el apellido de una mujer, especialmente en una época en que era vital que los hijos fueran reconocidos como legítimos por los hombres.

Es curioso, años después, cuando mi abuelo era un hombre viejo y decidió casarse con mi abuela, algunos hermanos de mi padre quisieron cambiarse el apellido de la abuela por el del abuelo. Mi padre no lo hizo, por tanto, a donde vaya el apellido de mi abuela, va también una dosis de "rebeldía bastarda".

Y *Seúl* es una antepasada a la cual quise rendir tributo, la creían loca pero era una artista, de modo que tomé de allí mi último apellido.

En fin, estoy pintando también, educándome en ese aspecto. Quizás vuelva a hacer teatro.

Como ve, me he volcado en el trabajo para ser libre, regresando a todo lo que siempre he amado hacer.

Espero tener el honor de verla algún día, por casualidad, en algún lugar del mundo, y poder honrarla y agradecerle por haberme recibido en su casa, al menos dos veces, en la hermosa pampa Argentina.

Su país, lo poco que pude conocer, me ha dejado sin aliento.

Le juro que amé a su familia, a su venerable madre y a sus hijas pequeñas. Especialmente a Dayana, que cantaba tan hermoso y pasamos tanto tiempo juntas.

¡Qué agradable fue estar en ese lugar! ¡Qué inolvidables las risas de las niñas corriendo de aquí para allá en completa libertad! ¡Cómo olvidar el aroma de los árboles que daban a la ventana, cerca de mi habitación!

Llegué creyendo que no la pasaría bien, terminé queriéndome quedar.

Fueron días de dicha que nunca olvidaré.

Debe saber, que pese a todo, por más molesta que estuviera con él, nunca una palabra mía fue de injuria hacia usted; siempre la respeté, su nombre y el de su familia fue sagrado. Y lo seguirá siendo.

Sé que se me quedaron por decir muchas cosas, pero lo dejaré aquí ya que he abusado mucho de su confianza. Hay muchas cosas más que sucedieron, fueron cinco años, pero el papel no es el mejor aliado en este momento.

Con esto, me despido de usted. Dios la bendiga y le dé grandes éxitos. Ricardo va a ser un buen doctor, lo ha demostrado. Tiene talento y según me contó la última vez, los médicos ya lo reconocen como un joven con talento.

A veces se siente muy solo, así que espero que la relación entre ustedes se fortalezca. Por mi parte, continuaré con mi vida: amando, creando, expresando. Es lo único que tiene sentido en esta vida, hacer lo que una ama.

Disculpe las faltas de ortografía, palabras mal escritas, etc. Pero decidí no volver a leer esta carta. ¡Me arrepentiría de enviarla!

Hasta pronto, y que Dios la bendiga.

Amanda Letizia Jen
17 de junio de 2013
*****

Un poco de ella

Sofía se encontraba en su cuarto, estaba escuchando una sonata para chelo. Miraba por la ventana abierta la oscuridad de la noche y al lucero en la distancia que le indicaba un posible camino a seguir. Hacía unos días, Amanda y Sofi habían visto juntas un largometraje sobre Farinelli, el "castrato", un personaje cuya celebridad se debió en gran parte a su condición de castrado.

Esta versión biográfica fue la de Gérard Corbiau, que a ambas les gustó bastante y las puso a refelxionar. A los "castrati" se les castraba para "conservar su voz" aguda e infantil.

Resulta que en la película se mostraba que Farinelli tenía un hermano, ambos eran tan unidos que realizaron un pacto que consistía en compartir todo, hasta a las mujeres. Al menos, fue la forma en que lo mostró el largometraje.

Amanda llegó junto a Sofi, se sentó. Ambas quedaron en silencio y comenzaron su charla, tan natural y fluida como siempre.

—¿Qué te pasa? —dijo Amanda.

—No me siento bien. No me siento bien.

—¿Cómo estuvo la U? —preguntó Amanda mirando una estrella demasiado brillante.

—Bien, bastante bien.

—Nuestro padre está enfermo.

—Ya lo sé, es aterrador. ¿Qué haríamos sin ellos?

—Dicen que una nunca los olvida —dijo Amanda—, mami aún llora por su madre, no quiero que eso me ocurra, que nos ocurra.

Amanda y Sofía después de todo se tenían la una a la otra. Ojalá estos instantes existieran por siempre, o al menos fueran perpetuados en la memoria sin perder su brillo.

La gente siempre creyó que Sofi era tierna y buena niña, confundieron su silencio con sumisión. Lo que no sabían era que era un universo potente se gestaba con cada meditación. Cada día era más sabia.

De Amanda, se creía que era extrovertida, solamente porque solía cantar y hacer bulla. En realidad, era tan tímida como Sofía.

Ambas tenían algo en común, ambas eran torpes. De vez en cuando se les enredaban los pies, trastabillando cada tanto. A simple vista eran pies normales, era en la práctica donde todo era evidente. Los pies se les doblaban cada tanto y solían sufrir algunas torceduras o caídas.

Sin embargo, su defecto más notorio era su forma de hablar. Tenían hermosas voces, fuertes, dulces, armoniosas, voces capaces de cautivar auditorios, hasta que ese encanto quedaba truncado cuando se les atoraba la lengua. Solía pasarles.

Cuando tenían conversaciones casuales a veces la gente les decía: "¿Qué?", porque no podían entenderles a la primera. Hablaban demasiado rápido, se desesperaban, sufrían con este problema. Había días en que todo estaba bien, otros, el defecto se volvía muy notorio.

Era martes, al día siguiente Sofía debía de exponer en la universidad, debía hablarle al auditorio de modo que todos entendieran su mensaje. Pese a haber aprendido a compensar sus debilidades, siempre le causaba ansiedad la posibilidad de trastabillar frente a la gente. Esa tarde Amanda ayudó a su hermana a practicar ejercicios de dicción. Tomaron un lápiz cada una, lo pusieron entre sus dientes, muy atrás de la boca y comenzaron a leer en voz alta, exagerando la articulación. Con mucho esfuerzo lo hicieron durante un muy buen tiempo. Luego Sofía leyó un capítulo de un libro en voz alta sin el lápiz, Amanda la escuchaba y corregía.

¿Cuantas veces se equivocó Amanda con respecto a su hermana? ¿Cuantas veces la calificó de avara, insensible y cruel? Aún lo seguía haciendo, cada tanto. ¿Pero realmente la conocía? Al final siempre acababan juntas, una al lado de la otra. Difícilmente habría un amor más fuerte que ese en la vida.

Después de todo ambas no solo compartían los mismos miedos y se reían de las mismas ocurrencias, sino que provenían de la misma historia.

Esa noche, Amanda le contó a su hermana que ella nunca había sentido celos de ella.

—Sabes Sofi, si mi novio se enamorara de ti y me dejara, no me molestaría. No sentiría dolor ni nada. Con la única persona con la cual no me molestaría perderlo para siempre es contigo.

—Me ocurre lo mismo —respondió Sofi.

—Sin embargo, jamás pondría a un hombre por sobre una hermana —concluyeron ambas.

Era algo que sucedía naturalmente con su hermana y no ocurría con otras mujeres.

Después de todo, ¿por qué sucedía todo eso? ¿Cómo entender lo que sentía o no sentía?

Las novelas televisivas mostraban a mujeres peleando entre ellas por un hombre, pero al final, ¿no sería más bien una fantasía de los hombres? ¿Existe un mundo en donde no sea necesario pensar en estas cosas?

Estaban casi convencidas de que sí podía existir un mundo semejante, pero desconocido. Le llamaron "el mundo Farinelli". Un pacto de hermandad, que va más allá de cualquier pasión, ya sea de los sentidos o del intelecto.

***

Carta de la mamá de un novio sureño:
(Una respuesta añeja del 2013)

"Algo debe quedar claro, no soy una puritana, una monja, y mucho menos una moralista, mucho menos una religiosa empedernida o algo semejante. No soy una mujer anticuada, nada de eso.

No tengo intención de juzgarla por lo que ha dicho, porque mi experiencia en la vida, mis valores de mujer y la mente abierta que poseo, me permiten con la mente fría y mirando al frente, aceptar que mi hijo ha sido parte de este tipo de comportamiento tan aborrecible.

Me sorprende y horroriza, a pesar de mis casi 45 años, que alguien de mi propia carne y sangre esté involucrado en algo así. No sé qué pensará él al respecto, no le he preguntado. En lo personal, me ha descolocado el cuerpo y la mente.

Ante todo yo soy la madre de Ricardo, y por eso le pido consideración y respeto. Yo no soy su mejor amiga ni su confidente para que sin ningún filtro, asco, entre otras cosas, me diga semejantes revelaciones que debieron quedar ocultas para siempre, sepultadas en lo más profundo de su ser. Yo estoy completamente en contra del aborto, me horroriza el aborto, es inadmisible para mí. Míreme, que con todos los errores que cometí en la vida cuando era muy joven, aun así decidí tener a mi hijo y a mis dos hijas, sin importar que mi pareja de entonces me diera la espalda, dejándome sin nada que comer, sin un techo en donde vivir. Debí buscar trabajo con mi pequeño hijo de la mano, con la niña en brazos y embarazada de la otra. Así llegué a la panadería y un señor me ofreció trabajo, al verme tan desesperada.

Cada día me tenía que levantar a las 4:00 de la mañana, para ir a trabajar. Gracias a Dios mi madre se vino a ayudarme y no necesité pagar guardería en esos años.

Todo esto que me ha dicho, me ha causado la infelicidad más profunda.

Lo peor del caso es que Ricardo le sigue guardando respeto y consideración, hasta el día de hoy. Jamás ha cometido la bajeza de hablar de la forma en que usted lo ha hecho. Me resulta inconcebible imaginarlo decir algo parecido. Creo que su comportamiento, Amanda, deja mucho que desear, es lamentable. ¡Lo deploro!

Claro que sí, ¡por supuesto!, hay cosas que se deben guardar para la intimidad. Para una y para nadie más. Hay cosas que se deben esconder del resto del mundo, jamás revelarse. Suceden, y ya está. En última instancia, decírselo a un amigo que no juzgue y escuche está bien, pero hacerlo de esta manera en que usted lo ha hecho, decírselo a una madre, es traición, ya que se debe respeto a la persona que estuvo al lado de una cuando las cosas iban bien o mal. Parece que usted no es consciente de lo que significa algo íntimo, algo personal.

Le pregunto puntualmente, y necesito que me responda, ¿por qué hasta ahora? ¿Qué pretende? ¿Qué desea obtener de mí? Dejó claro que la relación está en un punto en que acabó definitivamente y no hay forma de volver atrás. Entonces, ¿para qué me busca?

Por favor Amanda, no liquide y lave para siempre la poca consideración y respeto que me queda hacia usted.

Para mí usted era un bello recuerdo en la vida de mi hijo, yo también recuerdo las tardes en que salimos a pasear con las niñas. Eso es lo que venía a mi mente cuando me acordaba de usted. Bien sabemos que muchas relaciones quedan en eso, en una experiencia, en un recuerdo de la juventud. ¡Cuántas veces no se lo dije yo a él! Se lo dije mil y un vez, cada vez que venía de visita, cada vez que me enteraba de que habían tenido otro gran pleito.

Ahora, todo ha sido mancillado.

Lo importante es no dar espacio a rencores y sentimientos dañinos al respecto, y agradecería que sí, sí, que se guarde para siempre esto para usted, que s epierda en el fondo del abismo. No más de esto, por favor, si hay algo

Mila Argueta Románova

que no sé, por favor no me lo diga, deje que sea él quien me lo cuente.

Suerte con todo, está en mis plegarias. Dios la bendiga hoy y siempre.

Luz T.
17 de junio de 2013
***

Miedo

Eran las nueve y treinta de la mañana, Amanda comparecía frente a una de las autoridades de la universidad. Deseaba huir de allí. La directora de carrera era una mujer con una voz suave pero con tono que sonaba muchas veces a sorna, por la forma pedregosa con que arrastraba las palabras.

—Amanda, hola.
—Hola, ¿cómo está usted?
—Bien.

Silencio.

—Bien. La he requerido hoy aquí porque como puede ver está en la lista negra de la universidad. Usted reprobó todos los cursos de este periodo.
—Sí. Lo sé.

Y bien que lo sabía.

—Necesito que los pase la próxima vez, sin falta y a la primera.

Silencio.

—Es su última oportunidad.
—Está bien.

Silencio definitivo.

Amanda pensó: "Jamás podría confesarle a esta mujer que estoy muerta por dentro, perdida, que temo por el futuro, que este mundo no tiene sentido".

Mientras la mujer hablaba, sintió un nudo en la garganta: "Debo reponerme tan pronto como sea posible, levantar la cabeza, olvidar mis problemas, el dolor del alma y del cuerpo, y seguir adelante de alguna manera", meditaba.

El colmo del asunto era que Amanda había sido una alumna sobresaliente en un curso que justamente había llevado con la mujer que estaba a medio metro de su asiento, pero ella parecía no recordarlo, o no quería, ahora, solamente estaba su actual desastre, que al fin de cuentas, era lo único que contaba.

Amanda salió de ese lugar, cerró la puerta tras de sí. Esperó a llegar al baño, no iba a llorar en presencia del personal administrativo. Apenas alcanzó la puerta del baño, tras revisar que estuviera vacío, lloró.

Cerca oía risas, la gente reía y gozaba. Aquellas muestras de vitalidad la hicieron sentir mejor.

Fue a la soda de la universidad, se compró una coca-cola. Amanda tomaba coca-cola solo cuando estaba realmente triste. A su alrededor todos seguían riendo y hablando en voz alta. A lo lejos, en otra mesa vio a la directora de carrera, ahora ella también se reía. Todos charlaban en total armonía, Amanda sintió rabia.

Algunas veces, las personas desean que el mundo deje de girar para que llore con ellas.

***

Pronta respuesta:

(Recuerdos del 2013)

Amanda, eso sí, debe de quedar claro que no tengo nada en contra suya. Entienda eso que le estoy diciendo, no es contra usted lo que digo. Yo sé todo lo que usted hizo por mi hijo, él me lo comunicó desde siempre y siempre estaré agradecida desde mi corazón de madre. Siempre lo he sabido, Amanda, siempre lo voy a agradecer.

Por más que trato de entenderlo, de repasarlo en mi mente, darle vueltas, ¡Dios míos!, sigo sin entender por qué usted me contó todos esos detalles, por qué me dio tantos pormenores. ¿Por qué Amanda, por qué? Nada de eso era necesario. Eso es irrespetarse como mujer, es no quererse. Es abofetearse.

De hecho, padres e hijos en general, no deben romper la barrera de la intimidad. Lo que hagan los padres no le concierne a los hijos y viceversa, me refiero a los detalles. Si bien pueden pedir consejos, ir más allá no está bien.

Es lamentable todo lo que usted se ha permitido, el no haber dicho hasta aquí, ya no más. No poner límites a tiempo. Expuso su vida y su salud, pero cada quien toma sus decisiones y no soy nadie para juzgar. Yo también tuve su edad. Pero eso sí, debe saber que amarse a una misma es lo primero, es la regla vital para sobrevivir a este mundo.

Ricardo sabía perfectamente lo que yo pensaba de esa relación, siempre peleaban por teléfono, había gritos. Eso no era vida. Le dije muchas veces que eso no era saludable, pero los jóvenes son necios, ustedes son necios, creen que no habrá mañana y piensan que serán eternamente jóvenes. Ustedes "son el agitamiento de la excitación que no entiende razón", como diría la vieja canción que escuchamos aquella tarde en la televisión.

Amanda, solo buenos deseos tengo para usted. Odio de mi parte, no existe. Y también para su papá y su mamá. Solo Dios sabe cuánto me hubiera gustado no saber nada de esto, conservar la imagen de enamorados en inocencia, y lo peor, no tener la imagen lujuriosa y pervertida de mi hijo frente a mis ojos. Tengo frente a mí al líbido puro y ante esto es imposible cerrar los ojos. El velo, se ha roto para siempre.

Trataré de olvidar todo esto que ha pasado, para no tenerle odio, sino para poder guardar sentimientos de madre hacia usted. Es eso lo que voy a alimentar de hoy en adelante.

Al menos Ricardo siempre le dijo a la familia, en especial a la abuela, que usted era una buena chica. Al menos la abuela sigue creyéndolo. Debo orar, debo doblar rodillas para que mi hijo recobre la cordura.

A pesar de todo esto puede escribirme cuando quiera, eso sí, sobre temas que no tengan nada que ver con esto.

Un fuerte abrazo, cuídese.
Luz T.
17 de junio de 2013
*****

Prontísima respuesta

¡Es el colmo!!!! También me lo hace llegar por aquí. ¡Santo cielo, Amanda! ¿Qué es esto? Dios mío, ¿qué sucede? ¿Por qué hasta ahora? Nada que hacer, es muy tarde. Todo lo que se podía hacer está agotado. ¿Qué quiere haga? ¿Qué quiere de mí? Si hubiera sido antes, algo hubiera podido hacerse, aunque sé que su propia juventud les hubiera cegado para prestar oídos a lo que yo tuviera que decir. No estoy del lado de Ricardo, ¡no!, pero he hallado una solución, lo sé. Lo único que se puede hacer es aprender algo de esto y tratar, por todos los medios, de que los errores no se vuelvan a repetir.

Curar las heridas será un reto, tratar de reconstruir la confianza, ganarse de nuevo el respeto, volver a amar como antes, recomenzar. No hay otra opción.

Si por alguna razón desea hablarme llámeme después del trabajo, después de las 5:00 p.m., hora de Argentina. le atenderé con alegría.

Luz T.
17 de junio de 2013
*****

Carta de una joven Amanda

Primero que todo, quiero disculparme por haberle hecho llegar mi carta a sus varios correos personales, no sabía cuál era el que usted consultaba con mayor frecuencia.

Le concedo que le di muchos detalles, quizás más de los convenientes. Reconozco que no debí ir tan lejos y me disculpo por eso. Sin embargo, no creo que en mi caso en particular lo correcto sea guardarme las cosas para mí, y no creo que sea una falta de respeto hacia mí misma hacerlo. Yo más bien ventilé estos secretos con alguien respetable, usted, en lugar de extraños, como lo hizo él. Igual no pretendo justificar el haber ido más allá con el relato, pero no creo que una deba tragarse las cosas sola en nombre del recato, ya que el silencio femenino ha sido la caja de pandora de la violencia, y no quiero perpetuarlo. También creo que ser una mujer respetable va mucho más allá de eso, mucho más allá. Para mí tiene que ver con aprender de los errores, no renunciar a los proyectos propios, insertarse en una sociedad de trabajo, tratar de acceder a los medios de producción, hacer un poco de política, defender los derechos propios y los de otras mujeres, detener la agresión, decir lo que se piensa con sinceridad, aunque una esté equivocada y sobretodo, tener valor.

Quizás sí ventilé todo esto con la persona equivocada, una madre, la madre de él, o sea usted. Quizás debí hacerlo con la mía y lo voy a considerar. Sin embargo, en este caso en particular creí que mantener los ojos cerrados tampoco era la solución. En mi opinión, entre madres, padres e hijos no debería haber velos de idealismo, ya que el ser humano es una obra inacabada. Así como la madre no es ninguna santa, los hijos e hijas tampoco somos inocentes, y no creo que la sexualidad sea algo malo, bien llevada no tiene por qué ser algo ni morboso ni delictivo, ni mucho menos, algo peligroso, pero por desgracia, la sociedad no nos enseña a hablar abiertamente de las cosas, de modo que hay que aprender de los errores en soledad y eso contribuye a engendrar el morbo y la incertidumbre. Luego, para colmo, juzga usted a los "descarriados" como si no hubieran sido engendrados en un seno de silencio, y aún así, les exigen que se confiesen al fnal de la historia.

Personalmente, no considero a Ricardo un pervertido sin esperanza, y sé que él se sentiría aliviado de poder hablar abiertamente con alguien, quizás no de esto en particular, pero sí de los rollos sexuales y las dudas que los seres humanos tenemos en la vida, y que evidentemente esa otra persona va a poder sufragar, sin que sus actos sean considerados como perversos.

Esa fue la realidad, no fuimos enamorados inocentes que bailaban por los campos, fuimos seres humanos que nos amamos, vivimos, sufrimos y aprendimos. Y esa es la verdad. En mi opinión, el recato que hace que sean un tabú todos estos temas, herencia de la hermenéutica cristiana, hizo mucho daño en las sexualidades actuales, prueba de eso es que gran parte de la generación anterior a los años 80 no habla de sexo aún hoy en día, al menos al que conozco.

La mayor parte del tiempo la mayoría prefiere cerrar los ojos en vez de aceptar que somos seres humanos integrales, o eso se pretende. Al final, no hay mucha diferencia entre madres e hijas, o entre padres e hijos, por lo tanto, en la sociedad utópica, deberíamos respetarnos con ahínco y confiar más los(as) unos(as) en los(as) otros(as). No patologizar una conducta, sino entender el porqué de ésta y salir adelante.

Con respecto a lo que me dijo de que lamenta mucho lo que permití que me pasara, ¡no poner un alto a tiempo!, sin duda debo objetarlo. Eso de darse a respetar, y parar a tiempo, ¡y todas esas cosas!, bajo esos términos que usted menciona, son discursos que históricamente le han impuesto a la mujer ¡pesada carga!, empujándola para que sea el sostén de un peso que debería ser de dos. Una carga concebida por el machismo en la que la mujer es quien debe dar cuentas y contener todo su universo sexual y el de sus parejas sexuales masculinas, todo esto en nombre del bienestar y el auto respeto: parar a tiempo, ponerse primero, etc. Y al hombre se le ha considerado, muy injustamente, un animal sexual que no puede parar, lo cual no es cierto.

Algo que aprendí con Ricardo fue que el ser humano no es una fórmula sino un rollo de subjetividad en la fórmula y ese es el meollo del asunto. No es tan sencillo como usted lo citó: "Ustedes son el agitamiento de la excita-

ción que no entiende razón". Al final, ¿qué es la Razón sino volver sobre los pasos y conciliar cuerpo y alma? Y ese es el gran dilema de nuestros tiempos. ¿Será posible?

Sinceramente, no pretendía nada raro con la carta que le envié. No hay segundas intenciones ni nada de eso. No pasaron por mi mente maquinaciones maquiavélicas ni asuntos de esa índole, de modo que no tiene nada que temer para el futuro.

Con respecto a lo que usted mencionó, que tras la tragedia que su hijo y yo vivimos, le achaca cierta culpa a la creencia de que los jóvenes están entregados en la "ilusión de la eterna juventud", dudo mucho que él su hijo haya creído alguna vez en eso. Yo no lo creo para mí misma, mucho menos él.

Soy hija de inmigrantes que llegaron con poco, me han contado cómo fue. Sé que difícilmente un inmigrante tiene paz completa y absoluta en toda sy vida, mucho menso si tiene familia en su país de origen. Y en el caso de su hijo, como un inmigrante más, cada día era como una pelea contra el tiempo, porque él mismo sabía que el tiempo se le iba a borbotones lo mismo que el dinero que usted le prodigaba con gran esfuerzo.

Le aseguro que nunca creímos en esa idealización absurda de vivir para siempre, solo en mi temprana adolescencia, quizás en algún momento de euforia, me creí inmortal, pero nunca dejé de torturarme con el asunto del paso del tiempo, la muerte de mis padres que me dejaría desprotegida, etc. Esto se lo aseguro. Todavía sigo temiendo, porque temo no poder sobrevivir en un mundo tan horrendo como este.

Y actualmente, si no tuviera esa urgencia ligada al tiempo, a la extinción de mi carne, no estaría luchando por mi futuro con uñas y dientes, procurando pintar mi vida como si fuera un lienzo sin límites, cuando no lo es. Lo mismo él, tenía sus grandes dilemas, de modo que esa causa que usted pregona, no es de ninguna manera una causa el origen esta tragedia.

De todo corazón, lamento mucho haberla incomodado con el tema, y no volveré a tocarlo para evitarle molestias innecesarias. No fue mi intención. Y me disculpo de nuevo. De haberlo sabido, o más bien, si lo hubiera meditado mejor, lo habría planteado todo desde otro punto de vista, pero lo hecho, hecho está y no se puede volcar atrás la rueda del tiempo.

Agardezco que tuviéramos la oportunidad de conocerlos, de verdad que sí la quise. Lo mismo a la abuela y a las niñas. Lamento mucho saber que nunca volveré a ver a las niñas.

Espero que todo sea para bien.

Amanda Letizia Jen
17 de junio de 2013
***

Mis ojos

I

La primera vez que me pusieron pestañas postizas recuerdo
haberme visto de perfil en el espejo, me pareció impresionante
verlas tan negras y pobladas. Mientras me las colocaba, el estilista me iba diciendo que era increíble cómo el marco de mis
ojos se iluminaba, cómo mi expresión cambiaba. Al final estuve
de acuerdo, mis ojos se veían demasiado sensuales, muy profundos, o tal vez solamente diferentes, pero era evidente cómo
las pestañas numero cuarenta y siete cambiaron mi actitud, me
trajeron una seguridad que al final se debía solamente a mi nueva adquisición, porque por lo demás, era exactamente la misma.

Usé las pestañas unos tres meses, aprendí a colocarlas. Las
cambiaba cada semana, así lo hice religiosamente hasta que un
día descubrí que mis pestañas reales se estaban comenzando a
caer, debilitadas, así que dejé de usar las falsas de una vez por
todas. Años después, cando cumplí 28, decidí volver a usarlas.
Desgraciadamente se volvieron a caer mis pestañas naturales,
tal como ya me había pasado años antes. Uno de los últimos
días que me las puse, iba tarde a mi trabajo. Ese día tomé un
taxi y le pedí al chofer que me llevara al periódico. Recuerdo que
el taxista me miraba de una manera muy intensa que me hacía
sentir incómoda. Luego me dijo: "¡Qué lindos ojos!"

Yo estaba muy impactada, era la primera vez en mi vida que
alguien le decía algún cumplido a mis ojos, a excepción de un
novio, nadie lo había hecho nunca. Siempre admiraron mi cabello negro, algunas veces mis labios, pero nunca mis ojos. Siempre que mi hermana y yo salíamos juntas la gente le decía: "¡Qué
lindos ojos!", se referían a los ojos verdes y grandes, de gata,

con tintes color serpiente, que eran maravillosos, de mi hermana. ¡No los míos!

Por fin llegué al frente del edificio del periódico, le pagué al conductor y prácticamente hui escaleras arriba. Llegué a mi escritorio, me senté, miré por la ventana, él aún no se había ido. Me llamaron por teléfono, era por el asunto de un artículo del que se había adelantado la fecha de entrega.

Esa noche llegué a casa muy abatida, me sentía extraña. Pensé en lo terrible que debía ser para mi hermana, sufrir el acoso diario de hombres diciéndole, ¡qué lindos ojos!

Por mi mente se cruzaba la mirada del taxista, potente sobre mi espalda mientras subía por la escalera. Y cuando miré por la ventana de nuevo, pude ver su cara escudriñando hacia adentro del edificio, como una hiena.

Después de ese incidente descubrí que mis pestañas propias se caían de nuevo, y así como ellas caían, se me caían las ganas de volver al salón de belleza.

Tampoco de tomar un taxi, no lo hice por varios meses.

II

Un día de las madres cayó sábado. Mi tía Ester me comunicó que iría al cementerio a dejar flores a la abuela, y que luego llegaría a mi apartamento. No tenía comida preparada, mi refri estaba casi vacía, así que ambas salimos a comer fuera. Mi tía tenía un plan, luego de comer iríamos al salón de doña Leni. Después de allí nos reuniríamos con el resto de la familia en la finca de la familia para celebrar el día de la madre. Yo no sabía quién era doña Leni, pero mi cabello ya necesitaba un tratamiento hidratante, así que accedí con gusto acompañarle.

El salón de doña Leni era muy sencillo, y muy pequeño. La estilista era una señora un poco gruesa, aunque según dijeron había perdido diez kilos hacía poco, de la angustia cuando su hija mayor perdió el trabajo. Era muy cálida, llevaba poco más de treinta tres años trabajando allí, casi mi edad, en ese mismo salón, frente a una de las calles de el centro de Heredia. Tenía el cabello corto, bien acomodado, con un corte como el que solía llevar Jeannie, la protagonista de "Mi pequeña genio". Nos dijo que no se lo teñía, sino que se echaba un agua de hierbas para teñirse las canas. Apenas llegamos nos hizo pasar, era un lugar en el que a pesar de las dimensiones estrechas curiosamente cabíamos muy bien. Estaba desprovisto de los artefactos y demás implementos que se suelen ver en los salones modernos, no entendía cómo se las arreglaría para hacerme el tratamiento capilar que me había ofrecido y aplicarme calor en el cuero cabelludo si no tenía ninguna máquina de calor a la vista. Frente al espejo estaba una mujer morena que se estaba tiñendo el cabello, nos miraba de vez en cuando a través del espejo.

La señora Leni comenzó con mi tía y le puso el tinte.

Le dijo:

—Doña Ester. ¿No lo notó?
—¿Qué cosa doña Leni?
—Tengo silla nueva.
—¡Ah! ¡Qué linda! Estaba tan cómodamente sentada que ni lo noté. Yo estaba como en el cielo.

Todas nos reímos. Cuando acabó con ella fue conmigo.

—¿Un tratamiento hidratante?
—Sí —le contesté.

Sus manos eran muy gruesas, yo temía que me lastimara, sin embargo, una vez que inició, parecían plumas, eran suaves. En lo que estaba conmigo llegó otra mujer, lucía algo inquieta y también se sentó a esperar su turno. Cuando doña Leni terminó de aplicar mi tratamiento, me enrolló el cabello en plástico y me hizo sentar en una silla. Luego sacó un gorro rosado que yo no había visto antes y me lo colocó en la cabeza.

Me preguntó:

—¿Alguna vez le han hecho la gorra hidratante con este gorro de calor?
—No.
—Es importante aplicar calor para que el tratamiento penetre. Este gorro es muy rico. Ya verá.

Yo sonreí. El gorro era tibio, agradable, la verdad me sentía de maravilla, más feliz que en un salón caro y con música de ambiente. Doña Leni comenzó a trabajar en el cabello de la cliente recién llegada, ella quería un alisete, así que luego de un rato todas observábamos cómo poco a poco los rizos de la dama se volvían lacios. Doña Leni trabajaba rápido pero muy bien, el cabello de la mujer estaba quedando precioso. Todas comenzamos a hablar. Pronto comprendí las relaciones entre las mujeres que se hallaban allí. Resultó que la señora que encontramos al llegar era la hermana menor de doña Leni. La cliente del alisete era una señora de Alajuela, muy acaudalada a quien siempre le gustaba quedar impactante el día de las madres, eso lo supe apenas se marchó, porque doña Leni nos lo contó. De modo que, así de intensos se vivían los días de las madres en el salón de doña Leni.

Yo era la más joven de todas y me sentía un poco fuera de lugar. La hermana de doña Leni estaba triste, se notaba por su mirada y el decaimiento que evidenciaba su cuerpo. Observé sus ojos, hondos, pesados. Esas mujeres, cada una con su mundo a flor de piel, sin darme cuenta me volví también una de ellas.

Comenzaron a hablar de sus maridos, nos reímos mucho de las ocurrencias de cada una. Ellas decían que sus maridos no notaban cuando se hacían algo diferente, que por más que ellas se arreglaran ellos nunca lo notarían.

La clienta del alisete dijo:

—Un día me corté el cabello bien corto y mi esposo nunca lo notó, y eso que antes lo llevaba a la cintura.

La hermana de doña Leni dijo:

—Me podría parar frente al televisor chinga y él ni lo notaría. Lo único que me diría es ¡quítese que estorba!

Todas rieron, rieron porque dolía. Mientras tanto, yo solo pensaba en que mi anterior novio siempre me decía que estaba bella, siempre notaba cada olor, cada detalle, hasta que un día se volvió monstruo. Él no se enfrió con los años, yo sí. Pero al final, se convirtió en un mutante.

De hecho, me sorprendió descubrir cómo había comenzado a olvidar mucho de lo que vivimos, ese hombre y yo.

Me di cuenta de que, para bien o para mal, es muy sencillo olvidar detalles que han determinado el destino de lo que es una. En ese momento me prometí que escribiría algo acerca de mi vida, para no olvidar lo que se ha vivido.

La hermana de doña Leni estaba lista, le encantaba usar el cabello corto y color café. Doña Leni se lo secó, le puso una ampolla de brillo y le dijo: "¡Lista!"

Mi tía le dijo que se veía guapísima y ella tristemente recalcó: Podría estar chinga frente a mi esposo y ni cuenta se daría.

Entonces mi tía Ester, siempre tan ocurrente, le dijo:

—No querida, si su esposo no es capaz de notarla con lo guapa que se ve, es porque ya está muerto.

Todas nos reímos al mismo tiempo y asentimos. Ella se fue riendo. Mi tía siempre hacía magia con las personas, les cambiaba el semblante.

Una hora después doña Leni terminó conmigo, me secó el cabello e hizo un gesto hermoso. Se sentó detrás de mí para peinarme, quería que mi cabello se viera hermoso. Lo secó y con un amor, una paciencia y un esmero ajenos para mi cotidianidad, pulió mi cabello que agradecido, nunca antes lo vi tan negro y tan radiante.

Al final, todas salimos felices y sonriendo.

Como doña Leni decía:

—A este lugar, también se viene a sanar el corazón.

Tenía razón. Después de todo, ¿Quiénes encuentran sanidad en manos ajenas? ¿Quiénes pueden expresar las penas en compañía? ¿Quiénes entran en un espacio para salir sonriendo?

¿Cántas personas se detienen a tus espaldas para secarte con dulzura el cabello?

***

El grito
(Recuerdo añejo del 2012)

Eran las siete y cincuenta, Amanda estaba con otro hombre. Había salido con él, no sabía por qué. No era sed de aventura, porque para Amanda una aventura era viajar sola.

Su acompañante se llamaba Paul, un nombre muy simple, era de Perú. Lo había conocido una noche en que ella y su novio pelearon por una estupidez. Ella se había retirado muy molesta, por el camino se encontró con unos amigos que la invitaron a la casa de otro amigo, que estaba celebrando un encuentro cirquero. Fue allí donde conoció a Paul, quie al parecer, también era estudiante de Teología. Sin saber por qué, en esa ocasión le pidió el teléfono y lo guardó en su celular con un nombre de mujer: Alicia.

Nunca le llamó, pero la casualidad los juntó de nuevo, en un bus de la periferia. Esta vez fue él quien tomó su número y la llamó esa misma noche. Se vieron de nuevo un viernes.

Amanda experimentaba una primera cita luego de mucho tiempo. No sabía qué decir, qué hacer. Curiosamente ambos terminaron conversando sobre cosas absurdas, y sexo antes del matrimonio, alcohol, mientras tomaban cerveza y se hacían insinuaciones evidentes en el bar. Sin embargo, Amanda perdía cada vez más el interés en el hombre. Se levantó para ir al baño. Realmente quería huir, como nunca en su vida había querido. Su ser entero le decía, ¡vete!, y ella escuchó. Sabía bien que si él hubiera sido de su agrado se habría quedado, pero no era el caso. No sabía por qué razón había aceptado esa salida, no sentía atracción por él, eso era definitivo, lo había comprobado. Cuando por fin salieron a la calle, él quiso acompañarla a la parada de bus y ella aceptó. En ese momento se percató de que en ningún momento había pensado en su novio, pero en ese momento era lo que más deseaba, estar junto a él.

De camino a la parada Paul solo dijo tonterías, Amanda no supo cómo sucedió, pero Paul comenzó a contarle algo acerca del aceite de avión. Le decía que en su país había chicas que se untaban aceite de avión en las nalgas para que se les volvieran enormes, incoherencias de ese tipo. Definitivamente, Paul estaba bastante ebrio. No estaba acostumbrado a tomar alcohol.

Por fin estaba en el bus, rumbo a casa. Se bajó antes de llegar a la parada de siempre, quería caminar y hablar con su novio, pero él tenía el celular apagado, ya lo intentaría más tarde. Dobló en una esquina, alguien la seguía. Cambió de acera, la sombra venía más rápido, solo que esta vez comenzó a gritar: ¡Lady! ¡Lady!

Lo supo por el acento, era un estadounidense que le decía: ¿Puede hablar, lady? Al principio Amanda lo ignoró, pero era tanta la insistencia que tuvo que contestar:

—No, no puedo hablar.
—Por favor, es solo un momento.
—No gracias, voy de prisa.
— ¿Necesita dinero, o algún regalo lady?
—No, por dicha tengo bastante dinero.
—Necesitará más.

Amanda estaba muy molesta, el hombre la seguía a paso firme.

—No necesito nada. Voy tarde al trabajo, soy doctora.

Amanda lo miró mejor, llevaba una patética bufanda roja como de Navidad, le dio risa, pero se contuvo.

—Lady, cuídese mucho. No engorde, cuídese de las estrías, la gordura es mala. Yo soy doctor de hierbas.

—Yo no creo en esos parámetros de belleza. Ahora déjeme en paz.

El tipo entonces se enfadó y comenzó a gritar:

—A ver, dígame, ¿quién es el padre de la Medicina? A ver, ¿quién es? Dígame, ¿quién es?

Amanda siguió caminando, odiaba a ese personaje. Hubiera deseado tener un arma de juguete y asustarlo, decirle: ¡Ah sí!, ¿qué le parece este padre de la Medicina? Pero mientras tanto el tipo seguía gritando:

—A ver, dígame desgraciada, ¿quién es?

Amanda pensó: ¡Hipócrates! Es Hipócrates. Eso lo sé. Pero no respondió y siguió andando, a cambio le dijo:

—Seguro que es usted.

Inmediatamente el hombre se ofuscó y gritó mucho más alto, tanto así que la gente que iba lejos volteó a ver, mientras el hombre iba levantando los brazos como todo un Moisés:

—¡Ignorancia, ignorancia! El peor de los males. La ignorancia, la peor de las calamidades.

Por fin el hombre tomó otro camino, Amanda lo seguía esuchando a lo lejos, cada vez más lejos, seguía gritándole: ¡lady!, ¡lady! ¿Quién es el padre de la Medicina, lady?

Quiso perseguirlo, decirle ¡pedazo de arrogante, desgraciado, es Hipócrates!, ¡ya, cállese!

Pero no, ya iba demasiado lejos, solo se escuchaba a la distancia: ¡Ignorancia!, ¡ignorancia!... Amanda siguió su camino, muy irritada. No había sido un día muy agradable, entre glúteos, aceite de aviones y la ignorancia, ya no podía más. Llegó a casa, mientras buscaba la llave se sorprendió pensando:

—Sí, es verdad. La ignorancia es el peor de los males.

***

Madre

Amanda estaba trastornada, completamente aturdida y preocupaba. Sí, era vergonzoso, pero qué se podía hacer, era la última oportunidad.

Luego de la conversación con la directora de carrera de la universidad, tanto la vergüenza como la desolación acudían a su alma. No sabía qué sentir, o cómo se suponía que se debía de sentir. Llegó a casa, dispuesta a vomitar quejas y lágrimas. Allí estaba su madre, que a pesar de todo, estaba allí. No impasible, pero sí generosa, amorosa. No le diría lo de la directora de carrera, tampoco del aceite de avión, pero sí del estaduidense que la había molestado.

Blanche escuchó todo lo que su hija tenía que decirle atentamente, y no la interrumpió durante todo el extenso relato. Luego, acarició su cabello.

Su madre le había enseñado muchas cosas. Aunque ambas vivían en constante guerra, Amanda sabía que podía contar con ella. Era un ser accesible e inaccesible a la vez, mostraba algo, se retenía una parte pero al mismo tiempo lo daba todo. ¡Extraña combinación! Con ella había tenido las conversaciones más trascendentales de su vida. Muchas veces se quedaron hasta la madrugada, sentadas en la cocina y envueltas en un manto filosófico penetrante, las dos mujeres, madre e hija develando los secretos de la vida, de los misterios, de lo desconocido. Sin embargo, al siguiente día su madre parecía olvidar todo aquello conversado y meditado. Nunca madre e hija pudieron retomar una conversación de la noche anterior. Ea si como si con los primeros rayos de la mañana, lo del día anterior hubiera sido borrado.

Para Amanda su madre encarnaba el amor y el odio a la misma vez, fue la mujer que más odió en su adolescencia y por la cual también estaba dispuesta a morir de ser necesario.

"Las madres son esa fuerza que lo arrasa todo, incluidas por supuesto nuestras emociones. Nos hacemos adultas hasta el día en que las perdemos, o cuando empezamos a comprenderlas", pensaba Amanda.

Su madre solía decir: ¡Sola se viene al mundo, sola una se va!.

Amanda odiaba esa expresión.

Su madre, como el resto de mujeres del mundo, poseen cunas en el vientre. La cuna de la mujer espera, espera por un posible bebé. Esa es una forma de verlo. Al final, las cunas no existen, solo carne y sangre.

Cada mes, casi puntualmente el vientre pone orden, se prepara. Prepara un lecho y espera, lo nutre, sigue esperando. Espera la posibilidad, el óvulo perfectamente fecundado que será un potencial embrión y la posibilidad de formar a un ser humano. No existe una niña o un niño nacido al que no se le haya preparado esa cuna, antes de ni siquiera existir. De hecho, probablemente se desecharon muchas cunas antes de venir a la vida. Así que venimos a este mundo acompañados, más que acompañados, esperados en cierta forma, pero morimos solos. Por eso Amanda le decía a su madre: ¡Madre mía! Si yo estuve en sus entrañas, ¿cómo pretende usted que piense de otra manera? Enséñeme a pensar así, porque no se puede. ¿Por qué venimos tan cerca de alguien y nos vamos tan solos?

Entonces la conversación giraba sobre otros asuntos y Blanche le comentaba a Amanda que cuando iba dar a luz ella casi muere, porque Amanda quedó atorada a medio del canal de parto. Blanche se desgarraba por dentro y gritaba ¡mátenme! ¡Por favor mátenme que ya no aguanto! Por fin sacaron a la bebé Amanda con fórceps, y su madre cuenta que la pequeña pasó sollozando todo el resto del día. Por suerte llegó su tía Consuelo y la abrazó hasta la noche.

—¡Tenías ojitos de cucaracha! ¡Pequeños como los de una cucaracha! Apenas naciste, cuando te pusieron al pecho me miraste con esos ojitos y te callaste. Luego cuando sentiste frío comenzaste a llorar. Después de ese día no paraste de llorar.

Amanda fue la primera hija. Difícilmente las hijas entendemos muchas cosas del largo camino que anduvo la madre para traernos hasta aquí.

Dios es una mujer con los pechos muy grandes, rebosantes de leche tibia, están tan cargados que se derrama para nutrir al mundo.

Eso dicen por allí. Por eso cada tanto yo le digo a Dios, Diosa. Porque solo a través de ella es que yo puedo entender el amor. Si no se parece a mi madre, yo no la quiero.

***

Micro

Un día Amanda leyó un libro que se llamaba "Los cazadores de microbios", escrito por Paul de Kruif, un médico bacteriólogo que escribió de cómo investigadores fueron tras la caza de los microorganismos que causaban enfermedades, tales como el virus de la rabia, el de la fiebre amarilla y la bacteria que causa la difteria. Amanda pudo apreciar a los personajes que protagonizaron esas búsquedas y cómo se lidió con esos microorganismos.

Le pareció hermoso que la gente escribiera historias, gracias a éstas era posible acercarse velozmente a tiempos en los que no se vivió. Del mismo modo, por primera vez, sintió un interés genuino por la ciencia.

Amanda había recibido de su madre consuelo aquella noche, pero esa era su última oportunidad para terminar su carrera universitaria, ser sincera consigo misma, ponerle más empeño. En el fondo, sentía que no lo lograría, que era incapaz, tonta, que no tenía lo necesario para terminar una carrera universitaria. Quería confesarle a su madre la verdad, mas no se atrevía tdavía. "Quizás más tarde", pensaba.

Resonaban en su cabeza las palabras que una psicóloga que la había atendido de niña, en la época en que su madre la llevaba a donde terapeutas, ya que era muy inquieta, le había dicho. De esa mujer, no recordaba el rostro pero sí las sigueintes palabras: "Usted es bipolar. La gente como usted, nunca termina lo que empieza".

Aquella niña, le había creído.

Amanda se distraía leyendo libros, como el de microbios, alejándose de la tarea universitaria que aguardaba para ser resuelta. "No puedo, no puedo", pensaba. Comenzó a llorar y el libro de Paul de Kruif se llenó de gotas de rocío salado.

Cuando leyó Los cazadores de microbios se enfrascó en la lectura, con pasión, y descubrió que la ciencia antes de ciencia fue una especie de fantasía. ¡Qué curioso! Las teorías y verdades nacían de mentes soñadoras, y hasta "locas". Leyó sobre Pasteur y sobre Ehrlich, dándose cuenta de que además de sus talentos tenían algo que los distinguía: Trabajo, trabajo y más trabajo. Pasión y fuerza, amor. Pero la cuota de trabajo, era inevitable.

Era como si dentro de ellos una potencia se transformara en una energía manifiesta y avasalladora, que les empujaba a vencerlo todo, atropellando todo, aniquilando todo: los pensamientos de la época, las barreras económicas, el fracaso o los intentos fallidos, para seguir trabajando, leyendo, practicando, muchas veces en soledad, levantándose desde el fondo del abismo, hasta que la propia voz sea lo único que resuene. Era increíble imaginar, por ejemplo, que alguien había luchado treinta años en un laboratorio, encerrado con chimpancés y ratones, buscando una verdad, o tratando de hallarla. Eso era valentía, era amor. Amanda descubrió que a ella le faltaba eso, el germen de la total entrega a algo. Era una soñadora, pero sin el poder de la voluntad, estaba perdida.

"Tal vez, solo tal vez sí soy capaz de terminar las cosas", susurró.

Desde ese día Amanda decidió entregarse con alma y vida a lo que emprendía, día y noche, fuertemente para así amansar el desvarío de su inconsistencia, la depresión, el miedo, que juntos fueron la tortura más grande durante aquellos meses.

Al año y medio de caer y bajar, ya quedaban pocos rastros o casi nada de sus demonios. Poco a poco se había ido reconstruyendo.

Se percató de pronto de que Olivia era como un fantasma,

con el que ya no hablaba, pero al que invocaba cada tanto. ¿Hacía cuánto tiempo que no se hablaban? ¿Quién diría que quien estuvo tan cerca, ahora no se sabía nada?

Esa tarde se citaron en un café y pasaron una linda tarde. Se miraron a los ojos y comprendieron que desde aquella gran pelea, las cosas estaban mejorando para ambas.

Olivia había adquirido más fuerza en la mirada, Amanda lo supo conforme conversaban. Había un brillo en sus ojos que antes no existía. Era como si todos esos rayos de luz proyectaran figuras en movimiento, ligeras, armoniosas. A través de esa energía revitalizante ambas amigas comenzaron, sin darse cuenta, a crear nuevas formas de existencia en esos pequeños instantes.

Quizás,
esta separación
nos ha hecho
bastante bien.
Quizás...

Poco a poco, juntando valor, coraje, coraje del bueno, se miraron a los ojos. Definitivamente, estaban cambiando.

Aunque ellas no lo sabían, aquellos últimos instantes en el café serían improntas que se filtrarían por las rendijas del alma, y cuando estuvieran solas, en algún rincón de sus noches oscuras, más adelante, en lo profundo de un apartamento silencioso, años después, ese fuego vital de antaño proyectaría sus formas sobre la pared de la memoria, calentando el pensamiento más triste, inyectándole vida.

Amanda recordaba aquella tarde de café mientras revisaba unos documentos del periódico. En una gaveta de su escritorio, guardaba el libro de microbios.

Ella nunca había creído en los libros de autoayuda, sin embargo, ahora pensaba diferenete.

Después de todo, nunca hubiera imaginado que sería un libro de microbios el que salvara su vida, su universidad, que con sus historias, una a una, habían entrado en su mente, y se habían comido toda su confusión, poco a poco.

Le dieron el mayor regalo de esa época: ¡Un atisbo de lo que se siente creer en sí misma!

***

Cortina de humo:
(Los recuerdos del 2013 siguen presentes)

Era la tarde, había tanta neblina que era difícil distinguir los postes del alumbrado público en San José. Amanda y su chico argentino amaban los días neblinosos. Dicen que la gente se deprime en los días oscuros, pero a ellos les daba fuerzas.

Subieron al segundo piso donde estaba el café en el que acostumbraban resguardarse, nunca supieron cómo se llamaba, pues no tenía rótulo, pero eso no importaba. Desde allí podían ver la fuente de piedra de la Plaza de la Cultura con el reloj en lo más alto, que la neblina no había logrado tovía ocultar.

Amanda adoraba decir: "Nos vemos el viernes a las cinco, junto al reloj de piedra". Sonaba hermoso, algo mágico había allí, era como ponerle un poco de misterio a la ciudad, andar con ella, ser parte del embrujo.

Aquel café solían frecuentarlo personas de mayor edad, en sus cincuentas y sesentas, allí se daba una vida social muy peculiar. Lo había descubierto una tarde, cuando se debió resguardar de la lluvia. Se sentó junto a la ventana a mirar a la gente pasar, mientras a lo lejos el reloj de piedra marcaba la hora, las 4 cuatro de la tarde cuando eran las cinco, estaba retrasado una hora exacta. Junto al mostrador había varios hombres sentados en sillas altas esperando ser atendidos, leyendo el periódico o tomando café. La mesera entraba y salía trayendo y llevando tazas, azúcar o hielo. Entre ellos se distinguían dos grupos, tal vez tres. El primero pertenecía a los hombres "tradicionales" que llevaban camisas sin combinar y zapatos sin embetunar; el segundo grupo eran hombres que venían después del trabajo a encontrar un poco de calor y amabilidad en la charla locuaz de la señora que atendía las mesas, después supe que se llamaba Alma. Todos hablaban con ella, reclamaban de maneras desconcertantes su atención, y ella uno por uno les regalaba una palabra, una sonrisa o más café. El tercer grupo correspondía a ciertos hombres que simplemente querían consumir un café en un lugar tranquilo, mientras leían el periódico, sin mirar a nadie. Candados de la vida, obstinados, así le parecían a Amanda.

Sentía frío, el viento la afectaba. Vio entrar a una pareja afrocaribeña, él era mucho mayor que ella, mucho mayor. Andaba encorvado y le costaba mantener el equilibrio. La mujer no esperó a ser atendida y luego de sentarlo se fue directo al mostrador, pidió una taza de aguadulce caliente para él y algo para ella: un panecillo, un té y le dijo a la mesera que le calentara un recipiente de plástico en el horno de microondas. Era comida especial para su marido, según luego se pudo comprender. El hombre se veía muy cansado, a Amanda le sorprendía cómo había subido las escaleras del café que no eran pocas. El hombre trató de arreglarse una media, pero no pudo. Era demasiado esfuerzo para él. Amanda estaba petrificada, sentía horror al ver al hombre totalmente exhausto. Por fin, la mujer vino y le arregló la media. Les trajeron el pedido, incluido el recipiente caliente, y comenzaron a comer, no sin antes ella arreglarle el tenedor, abrir el recipiente y partir los pedazos de carne del interior en pedazos aun más pequeños. El hombre masticaba lentamente y con enorme dificultad. Cuando tragaba, le era tan tortuoso que parecía que se estaba tragando al mundo. Amanda lo miró a los ojos, estaban un poco hundidos, algo amarillos. Él la miró unos instantes, ella le sonrió. Le regaló su mejor sonrisa y también él lo hizo. Luego, bajó la mirada y comenzó a tragar de nuevo, despacio, con tanta dificultad que Amanda sintió ansiedad.

Ella le tenía mucho temor a la vejez. Siempre creyó que era una crueldad acabar así. Los seres humanos una vez hermosos poco a poco se iban estropeando hasta convertirse en polvo, literalmente. Amanda siempre prefería sentarse junto a la ventana, no solo por la vista sino porque podía tener control sobre los que entraban y salían, por la puerta del café, del primer piso. Cada uno era una historia. Poco a poco comenzó a familiarizarse con los transeúntes, se convirtió en una más del café, y al igual que los comensales de siempre, la mesera le preguntaba: "¿lo de siempre?", y ella respondía: "Lo de siempre por favor".

La tarde estaba neblinosa, el reloj de piedra daba esta vez la hora exacta. Amanda y su chico miraban cómo la neblina se restregaba por las paredes mientras hablaban. Él era tan fiel entonces, tan cercano. Era tan apasionado y tan entregado. Ella, contra su voluntad lo engañaba, peor aún, no lo amaba ya, o eso creía. A veces hasta le molestaba su presencia, pero luego de ires y venires allí estaban en el café, juntos, una vez más. El frío era intenso, ella se quitó su bufanda y se la dio a Ricardo, él la aceptó. Ambos conversaban sobre las palomas, sobre el reloj y él la escuchaba como a una gurú. Ella tenía frío, él la abrazó, le dio su abrigo grueso, su favorito. El cielo se oscurecía y aún eran las cinco y treinta. Amanda sintió la tibieza de la piel de aquel hombre. Él le habló de sus miedos, de su temor a perderla y le preguntó: "¿Vos me amás?" Amanda hubiera querido decir: "Sí, no, no lo sé, ¿yo te amo?, no lo sé. Pero si te digo que no, no querrás quedarte, así que mientras lo descubro te diré que sí. Sí, yo te amo".

El frío cayó abundante de nuevo, esta vez en forma de gotas. Unas pequeñas pringaron sus manos entrelazadas. Él miraba lo profundo del establecimiento, más allá del calor de las mesas, e incluso más allá de ese horizonte. Ella lo miraba, quería mirar como él miraba, como él soñaba, sentir de la misma forma en que él la sentía a ella y mirar el futuro que sus ojos veían. Y así, así de la nada nació el amor. Amanda sintió que lo amaba, por primera vez estaba segura de que lo amaba. Lo miró con otros ojos, tal vez por fin se rompió la cortina de humo, o tal vez el amor siempre estuvo allí, le dijo: "Te amo". Y él respondió: "Yo más".

Amanda sonrió y besó sus labios, miró la empedrada, estaba húmeda, como su vientre y quiso hacer el amor, esta vez de verdad quería hacerle el amor.

***

Última carta de Amanda para Olivia

Querida mía:

¡Ayer me sentí tan insignificante! Y dime: ¿Es normal que yo me maraville tanto? ¿Es normal que me pare en seco al caminar y quede extasiada ante la belleza?

Ayer caminé mucho tiempo por mi barrio, hasta que se puso el sol. Tenía tiempo de no hacerlo. Encontré un parque que no había visto antes, lleno de zacate tierno, verde y absolutamente parejo en toda su extensión. Tanta perfección me pareció muy curiosa, ya que el lugar estaba totalmente abierto, en plena ciudad, no tenía una malla que impidiera el paso. Provocaba correr descalza, lo mismo que me provocaba de niña correr entre las nubes de algodón que veía por la ventana. A lo lejos había unas manchas negras que se movían y gritaban. Eran zanates. ¡Los odio tanto! ¡Me dan asco! Creo que todo comenzó el día que uno me atacó porque quería el pan que me estaba comiendo. ¡Tonto zanate! Comían algo en la tierra, seguro lombrices. Con sus horrendas patas escarbaban entre la hierba y metían sus espantosos picos entre la tierra, emitían sonidos feos y traqueaban sus picos de una manera salvaje.

Corrí hacia ellos y los espanté, al verlos correr despavoridos me reí. Ver sus poses de insatisfacción, incluso de asombro y frustración me produjo placer. Te juro que estaban desconcertados y no dejaban de correr por todas partes.

Luego volaron hacia un árbol enorme que parecía de ceiba. Todos los árboles de por aquí están infestados de esos pájaros. En las tardes a eso de las seis los zanates de por aquí regresan a los árboles y comienzan a gritar todos en un coro impresionante que a veces asusta a los vecinos, ya que es muy claro que ellos son más numerosos. ¿Has visto los ojos de esos pajarracos? Miran fijamente y con tanta maldad y astucia que me causan repulsión, además comen cualquier porquería. ¿Ya entiendes por qué los espanté?

Todos los días, cuando alimento a las conejas tengo que vigilar, ya que llegan a robar los granos de la comida granulada que les doy. Tuve que cambiar el alimento de la bolsa a un tarro de plástico, ya que varias veces la rompieron y se comieron todo. ¡Son insoportables!

Luego de corretearlos un rato me cansé y me tiré sobre la hierba. A lo lejos los zanates regresaron a escarbar al mismo lugar. Ya sabes, nunca se rinden, así que no me importó más. La hierba estaba suave, me acosté de espaldas. Miré al cielo, estaba azul y no encontré ninguna nube. Eran las cuatro. Esa hora es preciosa, porque si el cielo no está nublado entonces es azul, y pronto el sol se va a convertir en amarillo. El sol amarillo me hace feliz, me impulsa con unas alas mágicas.

Era una tarde demasiado hermosa y quise acapararla, así que volví a caminar. Miré de nuevo a los zanates y seguían haciendo lo mismo, ya venían más en camino.

A mi derecha y en medio de la nada se alzaba una florecilla amarilla muy pequeña. Se veía tan sola en medio de ese enorme campo. Su amarillo resaltaba entre tanto verde, sin embargo era tan pequeña y frágil que era impresionante cómo se dejaba ver, tímida pero presente. ¡Cuánto valor se necesita para aparecerse así en la vida!

Me acerqué a ella. Tenía un centro delicado como la seda, sus pétalos se lo coronaban con la delicadeza de las alas de las abejas. Tenía mucho polen, pero nadie venía por él. No lo negaré, tuve por un instante el impulso de arrancarla y llevarla como un recuerdo, pero no pude.

La dejé allí como estaba y me fui a casa.

Hoy pasé por allí y la flor ya no estaba.

Amanda Letizia Jen
***

Algo para Ricardo:
(Justo al cumplir 30)

Recuerdo que no tenías fe en mi escritura, me decías que era imposible escribir novelas y publicarlas. Cada vez que me lo decías me daba mucha rabia, no comprendía por qué en aquellos años colmados de juventud, no tenías fe en mí.

Sin embargo, recuerdo que hablábamos de las palomas y recuerdo que una vez me escribiste la historia de una paloma. En realidad, eran dos palomas, una hembra y un macho. Tengo en mente ciertas partes de la historia, que por cierto era corta y estaba escrita con tal sinceridad que me dejó sin palabras. Tengo viva una imagen, en que la paloma macho daba vueltas alrededor de la paloma hembra, para decirle que la quería, o algo así.

Con esa pequeña fábula, me dijiste cuánto me querías. Siempre nos encantó jugar con temas de animales, ¿recuerdas cuando nos enojábamos y yo te molestaba con aquella canción?

Orejas de cobre, como un melón.
Orejas de cobre, como un melón.

Recuerdo que inventaba una estrofa en la que contaba la historia de un animal, como la vez de la vaca que extrañaba a su mamá, le pasaban todo tipo de cosas curiosas mientras la esperaba. Luego yo agregaba de nuevo, al final de cada extracto de la historia, el estribillo de las orejas de cobre y el melón. Tú te reías al final, cedías ante esas cosas locas. También recuerdo cuánto nos gustaban las lapas, cuando pensábamos que acabaríamos la vida juntos, como lapas, que no podía ser de otra manera. Aquel libro que pensábamos escribir sobre nosotros y que se llamaría El sendero de las lapas. Nunca olvidaré el inicio que quería darle: 'Él se encontraba en un mundo totalmente gris, la gente que pasaba a su lado era una mancha deforme que no lograba distinguir, hasta que en medio del gentío estaba ella, llena de colores…"

Mi hermana me dijo que la razón por la que publiqué mis primeras novelas fue para ti, para que vieras que lo había logrado. Cada vez que mis libros estaban regados por la ciudad, en las librerías, eran pistas para que tú llegaras a mí. Y un día por fin me llamaste y me dijiste llorando: ¡Lo lograste!

Es extraña la vida, y yo, mujer y pecadora, te he amado tanto. Te amé a pesar de lo malo, porque también fuiste malo. Quizás tanto como yo pude serlo.

Este libro también es para ti, porque en el filo del 2017 sigo recordándote. Me costó muchos años realizar este duelo y comprender que mucho de esto también se trató de ti. Debo reconocer que marcaste mi vida y también eres parte de mí.

Perdona las veces que te rompí el corazón, yo ya casi te he perdonado completamente.

Pase lo que pase, te llevo en el fondo de mi alma, en ese lienzo infinito que nadie pudo corromper. Eso es tuyo, y será tuyo por toda la eternidad. De alguna forma, serás un personaje recurrente en mis historias.

Gracias por haberme dado tanto amor, por las lecciones, por lo que fuimos.

Suerte en tu vida.

Que seamos mejorespersonas cada día.

Amanda Letizia Jen
15 de agosto de 2017
*****

Último amor:

(Esto sucedió en mi último sueño)

I

Estábamos en Puntarenas, justo en el puerto, Olivia, la joven Amanda, Sofía y yo, la Amanda de 30. Sin embargo, yo misma era en este sueño una especie de espíritu sin cuerpo cuya presencia era más que evidente para ellas que para mí, porque nunca pude mirarme, pero al mismo tiempo, estaba segura de que ellas sabían que yo estaba allí.

Frente a nosotras estaba el mar, llevábamos poco equipaje, pero sedientas del agua salada que a pocos metros quería lamernos los pies. Supe en esos momentos, que esos instantes de vida que llegaban de vuelta a mí por medio de ese sueño, eran de las memorias más significativas de mi juventud. Inclusive, llegó de nuevo a mí el olor a pimienta que provenía de un local cercano a donde estábamos y compramos cucherías para comer.

Eran las doce treinta, el sol picaba, teníamos mucho trecho por delante. Todo comenzó desde San José.

Era un jueves cualquiera, estábamos la joven Amanda y yo en casa de Olivia, luego llegó Sofía, que de la nada dijo: "¡Chicas, vámonos!" "¿A dónde Sofi?" "A la playa".

Y nos fuimos a la velocidad de la luz, con unas cuantas camisas, protector de sol y zapatos deportivos, en el siguiente bus. Llegamos cerca de las doce, y a las doce treinta ya estábamos contemplando el hermoso cielo, y al mar que parecía despeñarse necio sobre la arena que lo recibía silenciosa.

—¡Vamos a la isla San Lucas!

Sofía lo dijo de golpe y todas asentimos como si fuera cualquier cosa. Buscamos por los esteros y por fin encontramos a un señor acompañado de un niño que decía tener un permiso para llevar personas en una lancha a San Lucas y a la isla Chira. Pagamos la primera mitad del monto que nos dijo y en minutos ya estábamos mar adentro. A decir verdad el agua parecía bastante calma, pero una vez adentro no era igual. Sensación tenebrosa, aún así decidimos gozar a lo grande. Juntas observamos cómo algunos peces se acercaban a la superficie y luego se escabullían. El agua nos salpicaba el rostro, los rayos del sol se reflejaban en las gotas.

—Son los ojos del cielo —nos dijo el barquero—, el mar es el espejo del cielo.

El hombre se detuvo en medio del océano para que escucháramos el silencio, demasiado contundente. Más allá del sonido de unas olas que se estrellaban quien sabe dónde, había un silencio entre cada intervalo de tiempo que cada vez se iba haciendo mayor. Luego, el rumor del mar era más perceptible, una voz ronca comenzaba a emerger de las profundidades. Imaginé una tormenta, en medio de enormes olas, y aquella voz hablando como el trueno. ¿Hay peor abandono? Barreras de agua de muchos metros, con vida propia. Y aquella voz potente, que ahora parecía un leve rumor.

El barquero era pescador y nos habló de la zona. Nos habló de los peces y del clima, nos contó que cerca de la isla había un proyecto artesanal, un restaurante flotante en el que criaban los peces que luego formarían parte del menú. Nos preguntó si teníamos hambre para hacer una parada, pero preferimos ir a comer allí al regreso. Queríamos conocer la isla San Lucas, de la que tanto hablaban nuestros padres y de la que leímos en uno que otro libro. Luego de un rodeo la vimos, allí estaba, como una isla fantasma. Los árboles cubrían su superficie y los acantilados eran enmascarados por las olas. Era grande para nuestros ojos, la verdad, en cierta forma no podíamos separar la idea de una isla como la de las caricaturas con esta otra, que era grande. Era la primera isla que veíamos en nuestra vida.

—Aquí, cuando la isla era prisión, dicen que los carceleros alimentaban a los tiburones, para tenerlos siempre cerca de la isla y devoraran a los que intentaran espacapar. Acudían en grupos —nos dijo el barquero extendiendo su dedo y señalando el horizonte—, nadie podía escapar de aquí.

Junto a él estaba el niño que lo acompañaba. Podría tener unos doce o trece años, era moreno, y con los ojos color alga.

El hombre continuó:

—Muchos intentaron escapar pero fueron devorados. Uno de ellos sí logró escapar, mató a un pelícano y se lo puso de sombrero. Si se lo miraba desde la superificie, era solo un pelícano nadando. ¡Gran idea! Pero entonces, los guardias de la isla dijeron: "¡Vean, un pelícano!", comenzaron a practicar puntería y lo mataron, entonces el cuerpo del hombre subió a la superficie y la sangre atrajo a muchos tiburones que lo devoraron.

Nosotras no podíamos evitar pensar en tiburones, y Olivia agregó:

—¿Y todavía hay tiburones?
—A veces, en esta parte sí, pero solo en lo más profundo —dijo el niño de los ojos color alga—, pero ya no llegan a la orilla.
—¿Pero ustedes los han visto? —preguntó Amanda inquieta.
—Sí, los hemos visto, ¿verdad papá? —dijo el niño. Su padre asintió.

Si antes sacábamos de vez en cuando las manos para sentir el agua, dejamos de hacerlo, mirábamos entre las pequeñas olas tratando de descubrir alguna aleta.

Por fin, luego de un viraje vimos un buque a lo lejos. Era lo más cerca que habíamos estado de un buque antiguo. Era hermoso. Solo su trompa estaba al viento, el resto era casa de pececitos. El color amarillento hasta parecía oler a la distancia a sal y herrumbre, olía a soledad y desconsuelo.

Pasamos bastante cerca y nos asombró el vacío que percibíamos en sus entrañas. Una tristeza honda nos invadió.

Por fin, a lo lejos se divisaba la entrada a la antigua prisión, un hombre nos saludaba a lo lejos en el pequeño atracadero. Luego de asegurar el barco, subimos allí. Caminamos un poco y entramos a una capilla de la que ya no quedaba mucho, solo la estructura. ¿Pero qué es una iglesia sin bancas ni feligreses? Avanzamos y llegamos a las celdas, las ansiadas celdas. Siempre hay cierto morbo en conocer los lugares más fatídicos y allí estaban por fin. En medio de unas de ellas había un patio, y unos hoyos profundos. Nos dijeron que allí castigaban a los prisioneros entregándolos a la soledad, el calor y a la más profunda oscuridad.

En una celda, como en la mayoría, había muchos dibujos e inscripciones, unas eran recientes:

Marco y Roxana se aman

Entre otras cosas que esculpía la gente que venía de visita. Pero había otros de hacía años, los cuales procedimos a examinar mientras nos preguntábamos ¿cómo vivía aquella gente?, ¿en qué pensaban?, ¿qué deseaban?, ¿en qué creían? En cierta forma, todas aquellas letras, pese a ser diferentes, parecían provenir de una misma cabeza, de un mismo lamento.

Le dimos seguimiento a la letra de un hombre que era muy particular, la misma letra, el mismo trazo, se iba sucediendo por los distintos espacios. Variaban las expresiones de las letras y los dibujos, cada tanto, lo que nos causó gran curiosidad. Luego, descubrimos que primero dibujaba cruces y corazones rodeados de espinas, también escribía frases acerca del amor de Dios. Otros de sus dibujos parecían hechos con sangre, que terminaba convirtiéndose en gotas de mar. Había un Cristo crucificado y un corazón roto. Luego no vimos más dibujos ni letras.

Había muchas siluetas de mujeres trazadas en las paredes, unas coloreadas, otras no. En cada pared había orgías y mujeres con senos enormes siendo folladas por hombres en medio de las piernas de ellas. Mujeres en todas las posiciones, mirando en todas direcciones, cruces de todos los tamaños, hongos y mariposas, banderas, rifles y demonios. En los muros se leía: ¡Qué miseria se ve en prisión! Y había un poema que hablaba de penas y del corazón. Había sumas y restas, ecuaciones, palitos que supusimos representaban los días y los meses, tal vez las lunas o las lluvias. Había balanzas y personajes de caricaturas. Había un Cristo atado junto a una mujer encadenada, había bestias y toros, y la virgen de Guadalupe.

En el fondo de una celda, estaba el dibujo de una mujer de cabello abundante. El hombre que nos recibió en la isla nos contó una leyenda acerca de quién era:

—Una enfermera —dijo él—, o una monja, no se sabe exactamente. Los hombres la vieron, y un día en un descuido la tomaron. La violaron brutalmente entre todos y la mataron.

Miramos a la mujer, ¿quién habría sido? Nos pareció que quizás la historia era cierta, pues las paredes realmente eras testigos de los pensamientos de cientos de hombres que pasaron por allí. En el fondo, deseábamos que aquello no fuera cierto, mientras contemplábamos a la mujer, plasmada en líneas de colores sobre la pared.

Sentíamos cómo a través de las paredes años de angustia y desesperación quedaron atrapados, plasmados, y entre sumas y restas, matemáticas, a través del amor o el deseo perdid más allá de la isla, la maldad, la perversión, la fe o la resignación, cada uno dejó un poco de sí.

Y estas ruinas...

¿Es eso la vida de alguien? Unas líneas, unos dibujos dejados en una pared que nadie visita. Tal vez lo que realmente cuenta es la memoria de todos en conjunto, pero es tan difícil sentirse uno con los demás, sentirse como un solo cuerpo. ¿Será que la vida realmente no tiene descanso? ¿Será que no se puede encontrar la verdadera redención en esta tierra?

Mi espíritu pensaba en muchas cosas en medio de aquel extraño sueño, que al final era más vívido que aquel recuerdo de la isla.

En aquel entonces, la joven Amanda estaba por entrar a la universidad, lo mismo Olivia.

No sabían que la vida sería tan dura más adelante, pero desde ya tenían miedo. No sabían que ese sería el último viaje de la temprana juventud. Quizás intuían que el fin de una etapa estaba cerca y por tanto, disfrutaron ese viaje como nunca.

Salimos de la isla en bote y fuimos al restaurante flotante. Efectivamente, estaba en medio del mar. Olivia y Sofía comieron pescado, Amanda mejillones y mi espíritu tenía enfrente un plato de camarones que por alguna razón, no se me ocurrió comer. Nos sentamos a reposar en la orilla de aquella casita en medio del mar, nuestros pies besaban la superficie del agua, no sin cierto temor a los tiburones de los que nos habían hablado. Estábamos en silencio y el sol se derramaba sobre nuestras pieles, muy abundante, dándonos esperanza. Los atardeceres tienen esa virtud, dan fuerza.

Cuando la gente dice: ¡Qué hermoso atardecer!, es como decir una oda a la vida, muy en el fondo la sangre comienza a burbujear y la imaginación a vibrar, así es como las mujeres y los hombres esperan un nuevo día, así es como nace la esperanza. De la nada...

Ya la tarde caía y el sol nos despedía, todo el día había sido nuestro fiel testigo. Desde el restaurante podíamos ver la entrada de la prisión, y el malecón que rodeaba la fachada. Olivia miró fijamente a lo lejos y su semblante cambió. Se puso la mano en el corazón. Todas miramos.

—No. No es ella —le dije.

Allá, a lo lejos, había una gata muy parecida a Desdémona jugando en lo alto, muy cerca de la orilla de la pendiente del malecón.

II

No sé cómo pasó, no sé si era prohibido, supongo que sí, no sé cómo Olivia y Sofía lo lograron. Lo único que sé es que no íbamos de regreso a Puntarenas, sino de regreso a la Isla San Lucas, a pasar la noche.

El barquero nos dejó en una orilla, no estaba cerca del pequeño muelle ni de la antigua prisión. Estábamos a un costado de la isla. Nos dijeron que vendrían por nosotras a las siete de la mañana del siguiente día sin falta. Asentimos y dimos las gracias. Antes de marcharse en su barca, el chico de los ojos de alga me miró, era momento de decirse adiós, así lo hice, sonriendo.

Nos dejaron varias cosas, tal como mis amigas lo habían pedido: leña, chispa, encendedor y frazadas. Alegremente hicimos la fogata, no corría viento. A nuestras espaldas había árboles que escalaban más arriba, podíamos observar el resto del montículo de la isla sobre nuestras cabezas. Sonreímos y encendimos la fogata. Nos reunimos alrededor del fuego, en cierta forma sentíamos como una presencia fantasmagórica, podíamos ver a los hombres muertos en la isla venir a cenar con nosotras. Teníamos un poco de miedo, pero eso no detendría nuestra diversión.

—El mar está calmo —dijo Amanda muy quedo.

—¿Te imaginás una tormenta acá? —continuó Olivia que nunca había sentido el poder del mar desde tan cerca—, es tan diferente a como lo imaginaba, tengo la certeza de que no le podría ganar.

—Es cierto, a veces una cree que tiene el poder de sobrevivir siempre —expresó Amanda.

—Es absurdo que los humanos crean que sus convicciones

son más grandes que el universo —dijo Sofía.

Una brisa se coló entre las ramas y danzó con las llamas

—Es como si nunca se hubieran ido —agregó Sofi.
—¿Quiénes? —preguntó Olivia.
—Los muertos —murmuró Amanda.

Todas mirábamos fijamente las llamas que crepitaban.

—A mi abuelo siempre le gustó el fuego —dijo Amanda.
—Siempre —secundó su hermana.

El reflejo del fuego serpenteaba entre sus enormes ojos amarillos.

Sofi sonrió y agregó.

—Recuerdo que allá en la finca de mis abuelos siempre había incendios.

El silencio se colaba entre las bocas y una brisa antes imperceptible ahora era audible un poco más allá, entre unos troncos secos. Amanda miró en dirección de los ruidos y dijo:

—Una vez yo estaba caminando por la finca con mi perro Pelly, observé un árbol grueso, vi llamas que estaban creciendo —Amanda miró a su hermana—, corrí a decirle a mi abuelo, cuando vino, el fuego estaba peor. Él me dijo: "¡Váyase usted!"
—Sí Amanda —expresó Sofi—, recuerdo que me lo contaste esa misma noche.
—Yo lo había descubierto. Quería estar allí. Él no me consideró capaz de ayudar a extinguirlo, en cambio a mi primo menor no le dijo nada y pudo quedarse. ¡Sentí tanta importancia! Pero cuando la cosa se puso fea todos sin excepción tuvimos

que llevar baldes con agua. Al final logramos controlar el fuego.

—Es cierto querida —confirmó Olivia—, las primeras sensaciones de impotencia, de cólera, los peores traumas, ocurren en la niñez. No debería ser así, pero pasa. Los míos, y muchos de los peores me ocurrieron en la escuela.

—Los niños son muy crueles entre ellos —continuó Amanda.

—Lo que pasa es que los padres confunden inocencia con pureza —dijo Sofía.

Miraron el cielo, a lo lejos una nube extraña se acercaba, unos relámpagos a lo lejos zumbaban.

—Tengo miedo —dijo Amanda muy suave.

—¿Por qué? —preguntó Olivia.

Por un momento parecía que la tormenta se nos iba a venir encima.

—Cuando éramos niñas le teníamos miedo a los truenos, y a la oscuridad. Ahora yo le tengo miedo a los impuestos —dijo Amanda y todas reímos.

—Mis padres se están haciendo viejos —susurró Sofi que se sintió invadida por un dolor inaceptable.

—Todas nos estamos haciendo viejas, y la historia se repite —exclamó Olivia—, pero creo que lo importante es tratar de abrir un camino, como en un experimento, arriesgarse un poco.

El rumor sordo del mar les cantaba a lo lejos:

—Creo, queridas, que todo tiene un precio —agregó Olivia.

—Tengo un recuerdo hermoso—continuó Amanda con un brillo fugaz —la vez que te maquillaste por primera vez. Ese día, conocmos a una mujer cirquera, que traía un cajón lleno de maquillaje lleno de brillos, colores. Su novio, un hombre increíblemente bello comenzó a maquillarse con colores dorados, rojos, verdes, me di cuenta de que querías esos colores.

Amanda miró a Olivia y ambas sonrieron, con esa dulce sonrisa de una vida compartida. Amanda continuó:

—Al final nos invitó a maquillarnos —le dijo Olivia a Sofía—, nos permitió colocarnos todos los colores que quisimos.

De pronto, todo había quedado en silencio.

—Fue bello delinear tus ojos, aplicarte las sombras del cirquero. Nunca lo olvidaré. Supe que ese momento era especial y está en un altar, aquí.

Señaló su corazón. Luego todas miramos el fuego. Hubo muchos silencios hermosos, algunas palabras. Ya eran las cuatro treinta de la madrugada, hacía mucho frío. La isla estaba en silencio, solo las olas iban y venían. Era una isla que cargaba un enorme peso encima, sin duda, se sentía en los ecos de la roca. Imaginaba a esta isla charlando charlando con otras islas del mundo, con la isla de Rubens o con Alcatraz, cuyos nombres secretos en realidad nadie conoce, solamente el dueño de la voz sorda del mar.

El mar estaba más movido, vibraba. Poco a poco bajó, ya eran las cinco treinta. Amanda miró al mar, sus ojos se rieron antes que ella:

—Siempre quise recibir el amanecer desnuda —expresó Amanda.

Todas nos miramos.

—Aquí no hay nadie —dijo Amanda—, solo los árboles.

A lo lejos, el sol comenzaba a mirarse en la superficie. Estaba amaneciendo, amanecer es como anochecer.

Una alegría brotó de pechos henchidos de aire frío. Amanda se quitó la ropa, corrió hacia el mar, estaba frío y se rio. Olivia y Sofía también se desnudaron y entraron al agua. Yo sonreía. Ya iba a entrar. Mientras me desnudaba las miré a lo lejos, imprimiendo ese momento en mi memoria, absorbiendo cada instante de luz, cada brillo. Toda su historia en común estaba condensada allí. Se sumergían y nadaban un poco más adentro, para luego regresar y morirse de risa.

Seguro soñaban que eran sirenas, o pájaros marinos. Luego reían, como nunca las vi reír, eran tan felices que hasta se olvidaron de los tiburones del día anterior.

***

A mis tres hijas:
o a mis tres hijos
(Despidiendo el 2017)

Queridas hijas, queridos hijos:

La vida es ardua, no es sencillo sobrevivir. Deben pensar con mucha cautela si quieren volver.

En este mundo hay más preguntas que respuestas, hay enfermedades y se sufre bastante en el cuerpo y en el alma. El ser humano no sabe con certeza por qué vino a este mundo ni por qué se tiene que morir.

Existen muchas religiones en el mundo, ninguna tiene la verdad. Al mismo tiempo, todas tienen cierta verdad.

Hacerse viejo es comenzar a enfermar lentamente, acercarse al fin inevitable que va ocurrir. Sin contar los accidentes repentinos, se puede morir por cáncer, como le pasó a mi abuela, un fallo cardíaco o alguna enfermedad de las miles que hay. La agonía es una enfermedad de la que al cuerpo le resulta imposible recuperarse, se sufre porque a nadie le gusta dejar el cuerpo.

Pónganse a pensar, si el cuerpo nos acompaña por tantos años y es lo más cercano que estaremos de otra piel, ¿no es muy natural que queramos conservar la vida en el cuerpo? Además, hacerse viejo también implica estar cada vez más lejos de la sociedad.

Las preguntas de la vida y la muerte les seguirán de por vida. Hay quienes les dirán que no piensen mucho en eso pero tarde o temprano esas realidades se cruzarán en su camino.

¿Que si hay cosas bellas? Las hay. Pero deben sopesar si vale la pena venir a conocerlas, deben sopesar el precio que deben pagar por la recompensa. Y si algún día, luego de haber analizado todas sus opciones, haber meditado y consultado al respecto, aún así desean regresar a mi vientre, sepan que les estaré esperando con los brazos abiertos.

Pase lo que pase, tendrán a una madre que nunca les juzgará por sus errores, y que mientras viva les dará lo mejor de sí. Por elección propia les recibiré, serán tan míos como yo suya para siempre.

¡No crean!, he aprendido muchas cosas en la vida, hay mucho que les puedo enseñar sobre este arte de vivir y sobrevivir. No en vano he derramado lágrimas y deshojado alegrías.

Amanda Letizia Jen
***

*"La vida es un torrente,
enorme y constante de encuentros y pérdidas".*

Reverendo Magnus T.

La arboleda

La primera vez que me encontré con la joven Amanda ella me reconoció
de inmediato. Al principio nos saludamos de forma efusiva, eso me hizo
sentir bien. Su mirada era chispeante, viva. Llevaba unos aretes muy hermosos, de colores y muy largos. Estaba sentada en una banca de Berta
Eugenia, cerca de la arboleda y al resguardo del sol. Llevaba unos tacones
altos verde oliva que me llamaron la atención.

Luego de hablar otro buen rato, casi al despedirnos, la joven Amanda
me hizo la gran pregunta:

—¿Qué has sabido de Olivia?
—Nada —le respondí—, no la he vuelto a ver.

Me miró y el corazón se me estremeció suavemente:

—Pero la buscaré y la hallaré para contarle que he sobrevivido hasta
ahora. Le daré un fuerte abrazo de tu parte y la llenaré de besos salados
con olor a playa. Luego iremos por un café, a algún rincón oculto de la ciudad, para recibir el sol fragmentado en mil colores. Será como si el tiempo
nunca hubiera pasado. Será como cuando las estrellas brillaban rebeldes en
lo alto de la ciudad. Y en cuanto a ti joven Amanda, ya es hora de que si-

gas tu camino. En unos años nos volveremos a encontrar. Tras de ti enviaré a mi Amanda de treinta, para que encuentre también su camino. Para que se equivoque y siga buscando su destino. En medio de aciertos y desaciertos, ella andará. Hallará paz y desasosiego. Será tan dichosa como pueda ser. Tal es la ley de la vida. En unos años, no sé decirte cuántos, nos volveremos a encontrar, quizás en este mismo lugar. Juntas, las tres podremos sentarnos aquí y conversar. Realmente me gusta este lugar. Pero hasta entonces: ¡Buen viaje! Que la dicha las acompañe y que la vida se nos muestre con todo su esplendor. Más allá del tiempo y el espacio. Esa es nuestra fe.

Amanda Letizia Jen.
***

*Dedicado a todas las personas de mi generación, cuyo dolor y alegría,
inspiran esta historia*

Mila A.R.
Heredia, Costa Rica.

Editorial
EVA

Editorial Eva se desvive por su comunidad
lectora, por lo que estaremos a la espera de
tus comentarios, sugerencias, entre otros.

email: editorialevapap@gmail.com

Las Hermanas Argueta
(L.H.A.)

www.ingramcontent.com/pod-product-compliance
Lightning Source LLC
Chambersburg PA
CBHW071611150726
48000CB00004B/1675